从心所欲不逾矩

许渊冲

2021年4月(100岁)

许渊冲汉译经典全集

王尔德

A Woman of No Importance

无足轻重的女人

许渊冲 译

商务印书馆
The Commercial Press

图书在版编目（CIP）数据

无足轻重的女人 /（英）奥斯卡·王尔德著；许渊冲译 . —北京：商务印书馆，2021（2022.12 重印）
（许渊冲汉译经典全集）
ISBN 978-7-100-19416-7

Ⅰ.①无… Ⅱ.①奥… ②许… Ⅲ.①喜剧—剧本—英国—近代 Ⅳ.① I561.34

中国版本图书馆 CIP 数据核字（2021）第 022311 号

权利保留，侵权必究。

许渊冲汉译经典全集
无足轻重的女人
〔英〕奥斯卡·王尔德 著
许渊冲 译

商 务 印 书 馆 出 版
（北京王府井大街36号 邮政编码100710）
商 务 印 书 馆 发 行
南京爱德印刷有限公司印刷
ISBN 978 - 7 - 100 - 19416 - 7

2021 年 3 月第 1 版	开本 765×965 1/32
2022 年 12 月第 3 次印刷	印张 4½

定价：58.00 元

献给葛娜蒂·德·哥蕾伯爵夫人

目 录

第一幕……………………………………… 1
第二幕……………………………………… 32
第三幕……………………………………… 71
第四幕……………………………………… 102

剧中人物

伊琳沃勋爵

约翰·蓬特华爵士

亚夫莱·卢和勋爵

克威尔先生

可敬的副主教多贝尼

杰拉德·亚布罗

法格哈　管家

方西斯　仆人

汉斯登夫人

卡罗琳·蓬特华夫人

斯达菲夫人

亚龙比太太

赫斯特·沃斯莱小姐

雅丽丝　女仆

亚布罗太太

布　景

第一幕
汉斯登猎庄的阳台

第二幕
汉斯登猎庄的客厅

第三幕
汉斯登猎庄的画廊

第四幕
亚布罗太太在洛克莱的起居室

时　间：当代

地　点：英国一郡

演出时间：全剧在二十四小时内演出

第一次演出：伦敦草场剧院1893年4月19日

第一幕

汉斯登猎庄阳台前草地。约翰爵士和卡罗琳·蓬特华夫人。赫斯特·沃斯莱小姐坐大榆树下椅子上。

卡　罗　琳　　我想，这是你住的第一所英国乡间别墅吧，沃斯莱小姐，对不对？

沃斯莱小姐　　是的，卡罗琳夫人。

卡　罗　琳　　我听说在美国没有乡间别墅。

沃斯莱小姐　　我们有也不多。

卡　罗　琳　　你们有没有乡村？我们叫作乡村的那一类房子？

沃斯莱小姐　　（微笑。）我们有世界上最大的乡村，卡罗琳夫人。学校里常常告诉我们：我们有些州比法国和英国加起来还更大呢。

卡　罗　琳　　啊！我想，那一定是四面通风的。（对约翰爵士说。）约翰，你可以用得上你的围巾了。要是你不用，那为什么老要我为你织围巾呢？

约　　　翰　　我已经很暖和了，卡罗琳。我敢向你保证。

卡　罗　琳　　我看不见得，约翰。不过，你找不到一个比这里更可爱的地方了。沃斯莱小姐，虽然这房子非常干燥，简直干燥得不可原谅。而亲爱的汉斯登夫人有时对她请来的客人有一点马虎,(对约翰爵士)珍妮有时错得厉害。伊琳沃勋爵当然是一个高级人物,见到他令人感到特别荣幸。那几乎成了一种特权。还有那位议员克托先生。

约翰　克威尔,亲爱的,是克威尔。

卡罗琳　他一定是值得尊敬的,人们从来没有听到过他的名字,现如今这充分说明了一个人的人品。不过,亚龙比太太很难说得上是一个值得称赞的人选。

沃斯莱小姐　我不喜欢亚龙比太太,她讨厌得叫我说不出话来。

卡罗琳　我不敢肯定,沃斯莱小姐,像你这样的外国小姐怎么会对邀请国的男男女女说三道四。亚龙比太太出身于很好的家庭。她是布兰卡爵士的侄女。据说她在婚前两次逃婚。但是你们知道大家的批评多么不公平。我自己就不相信她逃婚超过了一次。

沃斯莱小姐　亚布罗先生很讨人喜欢。

卡罗琳	啊,对!这个年轻人在银行里有一个职位。汉斯登夫人非常客气请他到这里来,而伊琳沃勋爵似乎对他很中意。然而,我不敢肯定珍妮提高他的地位是不是做得对。在我年轻的时候,沃斯莱小姐,我从来没见过一个在社会上为谋生而工作的人。那是大家觉得不体面的事。
沃斯莱小姐	而在美国,这是最受尊敬的人。
卡罗琳	这点我不怀疑。
沃斯莱小姐	亚布罗先生的脾气真好!他既单纯又诚恳,是我碰到过的脾气最好的人。碰到他真是难得的好运气。
卡罗琳	这可不合乎英国的习惯,沃斯莱小姐,一个年轻小姐可不会这样热情地说一个异性的好话。英国女人的感情在结婚前是深藏不露的,结婚后才肯说出来。
沃斯莱小姐	在英国,青年男女难道不可以交朋友吗?

(汉斯登夫人上,后随仆人,携带披巾软垫。)

卡罗琳　我们认为这很不可取。珍妮，我刚刚谈到你邀请我们参加的一个晚会多么愉快。你真有令人惊奇的选择能力。这简直是一种天赋。

汉斯登夫人　亲爱的卡罗琳，你多么好！我想我们大家在一起简直是如鱼得水。而我希望我们迷人的美国客人能够带回一些关于英国乡村生活的美好回忆。（对仆人）我的软枕，方西斯，还有我的披巾，都是洁地产的。快去拿来。

（仆人下。）

（杰拉德·亚布罗上。）

杰拉德　汉斯登夫人，我有好消息要告诉你。伊琳沃勋爵刚刚提出要我做他的秘书。

汉斯登夫人　做他的秘书？这的确是个好消息，表示有一个光辉的前途在等待你。你亲爱的母亲会很高兴的。我的确应该设法要她今夜到这里来。你想她会来吗，杰拉德？我知道要她到任何地方去都是多么困难的。

杰 拉 德 啊,我敢肯定她会来的,汉斯登夫人,如果她知道伊琳沃勋爵对我提出了这么好的建议。

(仆人送披巾上。)

汉斯登夫人 我会写信告诉她,要她来会他的。(对仆人)等一等,方西斯。(写信。)

卡 罗 琳 对你这样年轻的人来说,这简直是一个好得不得了的开场,亚布罗先生。

杰 拉 德 的确是的,卡罗琳夫人。我相信我会表现得不辜负期望的。

卡 罗 琳 我也相信。

杰 拉 德 (对沃斯莱小姐)你还没有向我祝贺呢,沃斯莱小姐。

沃斯莱小姐 你对这件事非常高兴吗?

杰 拉 德 当然非常高兴。这对我几乎意味着一切——以前认为无法达到的希望,现在居然近在眼前了。

沃斯莱小姐 没有什么是希望达不到的。生活就是希望。

汉斯登夫人 我想,卡罗琳,做外交官就是伊琳沃勋爵的目标。听说有人建议他去维也纳。但是这也可能不是真的。

卡罗琳　我不相信英国可以由一个没结婚的男子汉来代表，珍妮。那结果会很复杂的。

汉斯登夫人　你的神经太紧张了，卡罗琳，相信我，你是太紧张了。再说，伊琳沃勋爵随便哪一天都可能结婚，我本来以为他会看上克尔索夫人。但是我想，他说过他不是嫌她的家太大，就是嫌她脚太大。我记不清是哪一样。我觉得很抱歉。她似乎生来就应该是一位大使夫人的。

卡罗琳　她肯定有超群的记忆力，记得人的姓名，却不记得人的面孔。

汉斯登夫人　那非常自然，卡罗琳，难道不是吗？
（对仆人）告诉亨利要等回信。我写了几句话给你亲爱的母亲，杰拉德，告诉她你的喜讯，并且说她的确应该来参加晚宴。

（仆人下。）

杰 拉 德　你实在是太好了,汉斯登夫人。(对沃斯莱小姐)你愿意散个步吗,沃斯莱小姐?

沃斯莱小姐　我当然愿意。(和杰拉德同下。)

汉斯登夫人　我非常高兴,杰拉德·亚布罗的运气真好。他可以算是一个得到我保护的人。而我特别高兴的是,伊琳沃勋爵并没有要我提出意见,就主动要求他担任这个职务。没有人愿意要再三请求之后才得到的职位。我记得可怜的夏洛蒂·葩葛登有一个时期非常不受欢迎,只是因为她再三向人推荐一个法国女教师。

卡　罗　琳　我见过那个女教师,珍妮。葩葛登夫人要她来见我。那时艾利洛还没有出头露面。她的确是太好看了,随便出现在哪个高级家庭都会毫不逊色。我一点也不觉得奇怪,葩葛登夫人为什么急于打发她走。

汉斯登夫人　啊,这就一切都不言自明了。

卡　罗　琳　约翰,草地对你来说太潮湿了。你最好

|||立刻去穿上你的套鞋。
| 约　　翰 | 我很舒服呀,卡罗琳,的确很舒服。
| 卡 罗 琳 | 你一定要相信我在这方面比你高明一点,约翰,请你照我说的做吧。

（约翰爵士起立走出。）

| 汉斯登夫人 | 你惯坏他了,卡罗琳,的确惯坏他了。

（亚龙比太太和斯达菲夫人上。）

（对亚龙比太太）亲爱的,我希望你喜欢这个花园,树木的确葱茏茂密。
| 亚龙比太太 | 树木真好,汉斯登夫人。
| 斯达菲夫人 | 非常非常好。
| 亚龙比太太 | 不过,我敢肯定,假如我在这个乡村住上六个月,我会变得不懂人情世故,几乎没有人会注意到我这个人的存在。
| 汉斯登夫人 | 我敢向你保证,亲爱的,这个乡村绝不会造成这样的后果。就在离这里不到两英里的美索普,贝尔顿夫人就同费车达勋爵私奔了。我非常清楚地记得这件事是怎样发生的。可怜的贝尔顿三天之后就不知道是吃得太多还是喝得太少而死

去了。我不记得到底是为什么。那时我们一大批人都住在这里,所以我们对整个事情都很感兴趣。

亚龙比太太　我认为私奔是胆小的结果。私奔是要逃避危险,而危险在现实生活中是很少的。

卡 罗 琳　我很清楚,现实生活中的年轻女子似乎认为她们生活的唯一目的就是玩火。

亚龙比太太　玩火的唯一好处,卡罗琳夫人,就是不会被火烧伤。烧伤的其实是不会玩火的人。

斯达菲夫人　对,我看也是如此。知道这点非常有用。

汉斯登夫人　我不明白世界为什么会让这样一种理论流行,亚龙比太太。

斯达菲夫人　啊,这个世界是男人的,不是女人的。

亚龙比太太　啊,不要这样说,斯达菲夫人。我们有一段时间比他们好得多。禁止我们做的事可比禁止他们做的事多得多呢。

斯达菲夫人　对,说得非常非常对。我怎么早没想到这点。

（约翰爵士和克威尔先生上。）

汉斯登夫人　你好，克威尔先生，你做完了你的工作吗？

克 威 尔　我刚完成了今天的写作，汉斯登夫人。那是一个繁重的任务。今天对公务人员在时间上的要求是非常高的，的确非常高。但是我不认为他们得到了适当的承认。

卡 罗 琳　约翰，穿上了你的套鞋吗？

约　　翰　穿上了，亲爱的。

卡 罗 琳　我看你最好到这边来，约翰，这里的风给挡住了。

约　　翰　我十分舒服，卡罗琳。

卡 罗 琳　我看不见得，约翰。你最好坐到我旁边来。

（约翰起来，走了过去。）

斯达菲夫人　你今天早上写什么来着，克威尔先生？

克 威 尔　还是老题目，斯达菲夫人。谈纯洁性。

斯达菲夫人　那写起来一定是一个非常非常有趣的题目。

克 威 尔　　今天看来，这的确是一个全国性的重要问题，斯达菲夫人。我想把我这个建议在国会召开之前提出，我发现这个国家的贫穷阶级明显希望有更高的道德标准。

斯达菲夫人　他们想得多么好。

卡 罗 琳　　你赞成妇女搞政治吗，克托先生？

约 　 　翰　是克威尔，亲爱的，是克威尔。

克 威 尔　　妇女不断增加的影响是我们政治生活的一个保证，卡罗琳夫人，妇女总是要站在道德这一边的，无论是公德还是私德。

斯达菲夫人　听到你这样说真是令人感动。

汉斯登夫人　啊，你说得对。——女人的道德品质——这是最重要的。卡罗琳，我怕亲爱的伊琳沃勋爵没有把妇女的道德品质放在应有的地位。

（*伊琳沃勋爵上。*）

斯达菲夫人　全世界都在说：伊琳沃勋爵非常非常不好。

伊琳沃勋爵　是哪一个世界呀,斯达菲夫人?恐怕是另外一个世界吧。这世界和我的关系非常好呀。

(就在亚龙比太太旁边坐下。)

斯达菲夫人　每个我认识的人都说你非常非常坏。

伊琳沃勋爵　今天的人说长道短的本领真是千奇百怪。这是绝对真实,完全不假的。

汉斯登夫人　亲爱的伊琳沃勋爵简直是无可救药了,斯达菲夫人。我已经决定放弃改造他的决心。那可能需要组织一个公司,还要一个董事会和一个高薪的秘书长,才能够做得到。但是,你已经有你的秘书,伊琳沃勋爵,是不是?杰拉德·亚布罗已经把他的好运气告诉我们了;这的确是你所做的好事。

伊琳沃勋爵　啊,那就不必提了,汉斯登夫人。"客气"是个可怕的词。我对年轻的亚布罗一见到就有好感。他对我糊糊涂涂想做的事,可能起到很大的作用。

汉斯登夫人　他是一个令人赞美的年轻人,他的母亲是我一个最要好的朋友。他刚同一个美丽的美国小姐散步去了。她很美，是不是？

卡 罗 琳　实在是太美了。这些美国小姐拆散了我们好多对配偶。她们为什么不留在自己的国家？她们还说美国是女人的天堂呢。

伊琳沃勋爵　的确是，卡罗琳夫人。这就是她们为什么像第一个女人夏娃一样，纷纷要离开美国的乐园。

卡 罗 琳　沃斯莱小姐的父母是什么人？

伊琳沃勋爵　美国女人聪明得出人意料，她们善于保守她们父母的秘密。

汉斯登夫人　亲爱的伊琳沃勋爵，你这是什么意思？沃斯莱小姐，卡罗琳，你不知道她是个孤儿。她的父亲是个非常有钱的百万富翁，或者可以说是一个逃世者，我想，或者可以说两者都是。我的儿子在游历波士顿时，他招待得非常周到。至于他的钱是怎样攒来的，我可不太清楚。

克 威 尔	我想他对美国枯燥的东西一定感兴趣。
汉斯登夫人	什么是美国枯燥的东西？
伊琳沃勋爵	美国的小说。
汉斯登夫人	你说的与众不同！——那好，不管沃斯莱小姐的大笔财产是从哪里来的，我对她都非常尊敬。她的穿着非常讲究。所有美国人都讲究穿着，他们的衣服都是巴黎产品。
亚龙比太太	汉斯登夫人，美国的好人死了都会到巴黎去。
汉斯登夫人	是吗？那么，美国的坏人死了到哪里去呢？
伊琳沃勋爵	啊，他们到美国去。
克 威 尔	我怕你不会欣赏美国，伊琳沃勋爵。那是一个非常令人瞩目的国家，尤其是考虑到初期的美国。
伊琳沃勋爵	初期的美国就是它古老的传统。它古老的传统到今天已经维持三百年了。听他们谈话还会以为他们留在幼年时代呢。若以文化而论，他们已经进入第

二期了。

克威尔　　　当然美国政治中有许多腐败现象。我想，你指的是不是这一点？

伊琳沃勋爵　我也不能确定。

汉斯登夫人　听说政治无论在哪里都不是好事。在英国当然也不例外。亲爱的卡独忧正在毁了这个国家。我怀疑卡独忧夫人怎能允许他胡来。我敢肯定，伊琳沃勋爵，你不会认为没受教育的人应该有选举权吧？

伊琳沃勋爵　一个人在任何问题上都不应该站在哪一边，克威尔先生。选边站是认真的开始，而不久之后接着来的会是麻烦。而人类成了一个累赘。无论如何，下议院起的坏作用很小。你不能因为议院立了法，就使坏人变成好人了——这就是个问题。

克威尔　　　你不能否认下议院常常对受苦受难的穷人表示了丰富的同情。

伊琳沃勋爵　这是它特别的缺点。这是时代的特殊缺点。一个人应该喜欢生活的欢乐，美好而丰富多彩的生活。人生的痛苦谈得越少越好，克威尔先生。

克 威 尔　不过，伦敦东部的贫民区还是一个重要的问题。

伊琳沃勋爵　那是当然的。那是个奴隶制的问题。我们正在设法使奴隶生活得有乐趣。

汉斯登夫人　当然，伊琳沃勋爵，你说得不错，便宜的娱乐可以给奴隶带来很多快乐。我们亲爱的副主教多贝尼在他的副手们帮助之下，的确为穷人提供了不少娱乐活动。还可以利用魔灯，或者传教活动，或者这一类的群众娱乐，使穷人得到好处。

卡 罗 琳　我一点也不赞成为穷人搞娱乐活动，珍妮。有被子盖，有煤炭烧，那就够了。上层阶级太喜欢搞娱乐活动。但是，现代生活需要的是健康。基调若不健康，那就全无健康可言。

克 威 尔　你说得对，卡罗琳夫人。

卡罗琳　　　我相信我平常没有说错。

亚龙比太太　　"健康"是个可怕的词。

伊琳沃勋爵　　是我们语言中最糊涂的字眼。而一般人知道得清清楚楚健康是什么意思。英国的乡下绅士骑马追狐狸,这是说不得的人在追吃不得的东西。

克威尔　　我可以问问吗?伊琳沃勋爵,你是不是认为上议院是一个比下议院好的机关?

伊琳沃勋爵　　那当然是一个好得多的团体。我们在上议院的人从来不接触群众的舆论。这就是我们成了一个文明团体的原因。

克威尔　　你提出这个观点是认真的吗?

伊琳沃勋爵　　相当认真,克威尔先生。(对亚龙比太太)一般人今天问问题的习惯是:问题是不是认真提出来的。除了感情以外,没有什么问题是认真的。才智不是一个严格的问题,并且从来都不是。才智只是一个人们玩弄的字眼,不过如此而已。才智唯一可靠的形式是英国人的智力。而敲打英国人智力大鼓的却是文盲。

汉斯登夫人　你说什么,伊琳沃勋爵?怎么打起鼓来了?

伊琳沃勋爵　我只是和亚龙比太太谈到伦敦报纸上的头条新闻。

汉斯登夫人　你相信报纸上说的话吗?

伊琳沃勋爵　我相信的。今天,只有不值得读的东西才站得住脚。

（和亚龙比太太站起。）

汉斯登夫人　你就要走吗,亚龙比太太?

亚龙比太太　就像保守派一样。伊琳沃勋爵今天早上告诉我,花园里的花开得像七大罪恶一样美呢。

汉斯登夫人　亲爱的,我希望没有这种花才好。我一定会对花园的工人讲的。

（亚龙比太太同伊琳沃勋爵下。）

卡　罗　琳　令人注目的典型,就是这个亚龙比太太。

汉斯登夫人　有时她的身子会跟着舌头跑。

卡　罗　琳　珍妮,难道亚龙比太太只让她的舌头跑吗?

汉斯登夫人　但愿如此，卡罗琳。我看只能如此。

（亚夫莱勋爵上。）

亲爱的亚夫莱，到我们这儿来吧。

（亚夫莱勋爵在斯达菲夫人身旁坐下。）

卡　罗　琳　你相信每个人都好，珍妮。这是个大错误。

斯达菲夫人　你的确，的确认为，卡罗琳夫人，应该相信每个人都是坏人吗？

卡　罗　琳　我认为这样更加稳妥，斯达菲夫人。当然，那要等到每个人的好处都表现出来之后。不过，今天还需要大量的调查研究。

斯达菲夫人　在当代生活中流传着多少流言蜚语啊。

卡　罗　琳　伊琳沃勋爵昨夜晚餐时对我说：流言蜚语的基础都是绝对不道德的事实。

克　威　尔　伊琳沃勋爵虽然是一位光辉灿烂的人物，但是在我看来，他似乎对生活的高贵和纯洁缺乏信心，而在本世纪这种信心是很重要的。

斯达菲夫人　是的，非常非常重要，难道不是吗？

克 威 尔　他给我的印象是一个不欣赏我们英国家庭生活之美的人。我觉得关于这个问题，他身上沾染了外国观念的色彩。

斯达菲夫人　没有什么——没有什么比家庭生活之美更重要的。你说有吗？

克 威 尔　这是我们英国道德系统的支柱，斯达菲夫人。没有这个支柱，我们和邻国也没有什么差别了。

斯达菲夫人　事情就是这样——这样不同，是不是？

克 威 尔　我也怕伊琳沃勋爵只简单把女人看作玩具。而我从来没有把女人看作玩具。无论是公共生活还是私人生活，女人都是男人的智慧助手。没有女人，我们会忘了真正的理想。（在斯达菲夫人身旁坐下。）

斯达菲夫人　我非常非常高兴听到你们这样说。

卡 罗 琳　你是个结了婚的人吗，克特尔先生？

约　　 翰　克威尔，亲爱的，是克威尔。

克 威 尔　我是个已婚的男人，卡罗琳夫人。

卡 罗 琳　家庭呢？

克 威 尔　　有了。

卡 罗 琳　　几口人？

克 威 尔　　八口。

　　　　　　（斯达菲夫人转向亚夫莱。）

卡 罗 琳　　克威尔夫人和孩子，我想是在海边吧？

　　　　　　（约翰爵士耸耸肩。）

克 威 尔　　我的妻子和孩子们，我想他们是在海滨。

卡 罗 琳　　你等一等当然要和他们在一起啰？

克 威 尔　　那要等我公事办完了。

卡 罗 琳　　你的公事一定是克特尔夫人最满意的。

约　　翰　　克威尔，我最亲爱的，是克威尔。

斯达菲夫人　（对亚夫莱勋爵）你的金头香烟令人眼花缭乱，亚夫莱勋爵。

亚 夫 莱　　这种香烟贵得要命。我要借债才买得起。

斯达菲夫人　借债可是要命的事。

亚 夫 莱　　今天的人一定得有一个职业，如果我不是负债累累，我本来不必去想什么职业的。我认识的朋友没有不负债的。

斯达菲夫人　你的债主是不是给你大麻烦了？

　　　　　　（仆人上。）

亚夫莱　　　不，他们写信讨债；我不写。

斯达菲夫人　多么奇怪。

汉斯登夫人　啊，卡罗琳，这里有一封信，卡罗琳，是亲爱的亚布罗太太写来的。她不能来晚餐了，非常对不起。她晚一点还会来。那的确使我很高兴。她是一个很可爱的女人。她写得一手好字，总写得大，而且有力。（把信给卡罗琳。）

卡　罗　琳　（看信。）缺少一点女人气，珍妮。我觉得女人气是女人最重要的品质。

汉斯登夫人　（取回信来。放在桌上。）啊！她很有女人气。卡罗琳，并且还是个好人。你应该听听副主教是怎样说她的。他把她当作他教区的左右手。（仆人对她说话。）在黄色的会客厅里。我们是不是都进去？斯达菲夫人，我们都进去喝茶吧。

斯达菲夫人　好，汉斯登夫人。

（她们起立要走。约翰爵士要帮汉斯登夫人提大衣。）

卡　罗　琳　约翰！如果你让你的侄子去帮斯达菲夫

23

人提大衣,你就可以帮我提篮子了。

（伊琳沃勋爵同亚龙比太太上。）

约　　翰　　那好,我亲爱的。

（众下。）

亚龙比太太　　说来也怪,普通女人总怕丈夫向别的女人献殷勤,漂亮的女人却从来不怕!

伊琳沃勋爵　　漂亮的女人没有时间。她们总是妒忌别人的丈夫漂亮。

亚龙比太太　　我本来以为卡罗琳夫人到了现在这种时候不会再妒忌别人幸福的婚姻生活了!约翰爵士已经是她的第四任丈夫呢。

伊琳沃勋爵　　婚姻还没有本领克服妒忌。二十年的浪漫史可以使一个女人变成一堆废物,但是二十年的婚姻却可以使她成为一座公共建筑物。

亚龙比太太　　二十年的浪漫史!有这么长久的恋爱吗?

伊琳沃勋爵　　在我们这个时代已经没有了,女人已经变得太聪明。只要女人还有一点幽默感,就会把浪漫史破坏得一干二净。

亚龙比太太	男人没有幽默感也是一样。
伊琳沃勋爵	你说对了。在神庙里,每个人都应该严肃认真,只有我们崇拜的东西并不是真的。
亚龙比太太	难道男人值得崇拜吗?
伊琳沃勋爵	女人崇拜时下跪很美;男人下跪不美。
亚龙比太太	你想到的是斯达菲夫人吧!
伊琳沃勋爵	我敢向你保证:我最后一刻钟并没有想到斯达菲夫人。
亚龙比太太	她是这样神秘的人物吗?
伊琳沃勋爵	她不是神秘,而是神气。
亚龙比太太	神气不会长久。
伊琳沃勋爵	不长久才更神气。

(沃斯莱小姐和杰拉德上。)

杰 拉 德	伊琳沃勋爵,大家都祝贺我,汉斯登夫人、卡罗琳夫人,还有……每个人。我希望我会做个好秘书。
伊琳沃勋爵	你会成为秘书的典型,杰拉德。(和他谈下去。)
亚龙比太太	你喜欢乡村生活吗,沃斯莱小姐?

沃斯莱小姐	的确非常喜欢。
亚龙比太太	难道你不想参加一次伦敦的晚间宴会吗?
沃斯莱小姐	我不喜欢伦敦的晚间宴会。
亚龙比太太	我却很喜欢。宴会上聪明人什么也不听,傻瓜却什么也不说。
沃斯莱小姐	我看傻瓜一说就没完没了。
亚龙比太太	啊,我从来就不听。
伊琳沃勋爵	亲爱的孩子,如果我不喜欢你,我是不会提出要你做秘书的。正是因为我这样喜欢你,所以我才要你和我在一起。

(沃斯莱小姐和杰拉德下。)

杰拉德·亚布罗真是个好家伙!

亚龙比太太	他的确很讨人喜欢,很讨人喜欢。不过,我可受不了那个年轻的美国小姐。
伊琳沃勋爵	为什么呢?
亚龙比太太	她昨天告诉我,并且声音很大,说她只有十八岁。这真惹人生气。
伊琳沃勋爵	一个人永远不应该相信一个说出自己真实年龄的女人。一个会说出自己真实年龄的女人没有什么话会说不出口。

亚龙比太太	再说,她还是一个清教徒呢。——
伊琳沃勋爵	啊,那真是不可原谅。我不在乎实话实说的女人是不是清教徒。清教徒是她们说实话的唯一借口。但说话的肯定是个漂亮的女人。那我就非常喜欢她了。(目不转睛地瞧着亚龙比太太。)
亚龙比太太	那你一定是一个彻头彻尾的坏蛋!
伊琳沃勋爵	你说的坏蛋是什么样的人?
亚龙比太太	是那种喜欢清白无知的男人。
伊琳沃勋爵	那坏女人呢?
亚龙比太太	啊!就是那种男人永远也不感到厌倦的女人。
伊琳沃勋爵	你也太严格了——对你自己。
亚龙比太太	你给我们女性下个定义看看。
伊琳沃勋爵	没有秘密的狮身人面像。
亚龙比太太	包括女性清教徒吗?
伊琳沃勋爵	你知道吗?我不相信世界上有女性清教徒!我不相信世界上有一个女人会不喜欢有人向她求爱。就是这一点使女人可爱得无法抗拒。

亚龙比太太	你认为世界上没有女人会反对男人吻她吗？
伊琳沃勋爵	很少女人会反对。
亚龙比太太	沃斯莱小姐就不会让你吻她。
伊琳沃勋爵	你能肯定吗？
亚龙比太太	我能。
伊琳沃勋爵	如果我吻了她，你以为她会怎么样？
亚龙比太太	不是和你结婚，就是用手套打你的脸。如果她用手套打你的脸，你怎么办？
伊琳沃勋爵	也许会爱上她。
亚龙比太太	幸亏你没有吻她。
伊琳沃勋爵	这是挑战吗？
亚龙比太太	这是一支射向空中的箭。
伊琳沃勋爵	你不知道无论我试什么，我总是成功的？
亚龙比太太	听到这话我很失望。我们女人喜欢看到失败，失败了就要依靠我们。
伊琳沃勋爵	你崇拜成功者。你会依靠他们。
亚龙比太太	我们是桂冠，可以掩盖光头。
伊琳沃勋爵	他们总是需要你们的，只是胜利的时刻除外。

亚龙比太太　　那时他们就毫无趣味了。

伊琳沃勋爵　　你们是可望而不可即的。

（一阵无言。）

亚龙比太太　　伊琳沃勋爵，有一件事总会使我喜欢你。

伊琳沃勋爵　　只有一件？而我有这么多不好的品质。

亚龙比太太　　啊，不要太自以为是了。只要一老，一切皆空。

伊琳沃勋爵　　我并不想老。但灵魂是生来就老，越活越年轻的。这就是人生的喜剧。

亚龙比太太　　而身体却是生来年轻，越活越老的，这就是人生的悲剧。

伊琳沃勋爵　　那有时也是人生的喜剧。但是有什么神秘的理由使你一直喜欢我呢？

亚龙比太太　　那是因为你从来没有向我求过爱。

伊琳沃勋爵　　我也没有做过别的事呀。

亚龙比太太　　这话当真？我可没有注意到。

伊琳沃勋爵　　那是多么不幸！它本来可能构成我们之间的悲剧。

亚龙比太太　　我们都会从悲剧中活过来的。

伊琳沃勋爵　　今天，我们可以从悲剧中，但不能从死亡中活过来。我们可以活得长久,但好名声不会活得一样久长。

亚龙比太太　你试过得到好名声吗?

伊琳沃勋爵　这是一种讨厌的事情,我还没有试过。

亚龙比太太　好歹总是要来的。

伊琳沃勋爵　为什么要警告我?

亚龙比太太　等你吻清教徒的时候,我会告诉你的。

(仆人上。)

方　西　斯　茶已准备好了,爵爷,在黄色客厅里。

伊琳沃勋爵　告诉夫人我们就来。

方　西　斯　是,爵爷。(下。)

伊琳沃勋爵　我们去用茶吗?

亚龙比太太　你喜欢这种简单的乐趣吗?

伊琳沃勋爵　我喜欢简单的乐趣。简单是复杂的避难所。所以,如果你喜欢的话,我们就留在这里吧。对,我们留下吧。人生的大书是以男女乐园会开始的。

亚龙比太太　却是以启示录结束。

伊琳沃勋爵　你防守得天衣无缝。可惜剑头钝了。

亚龙比太太　我还有面具作盾呢。

伊琳沃勋爵　　盾牌使你的眼睛更好看了。

亚龙比太太　　谢谢你。走吧。

伊琳沃勋爵　　(看见亚布罗太太留在桌上的信,拿起来看了看信封。)这字写得多么奇怪!它使我想起了几年前认识的一位女士的笔迹。

亚龙比太太　　谁呀?

伊琳沃勋爵　　啊,不必指名道姓。只是一个无足轻重的女人。(把信丢下,同亚龙比太太走上阳台的台阶,相对一笑。)

(第一幕完)

第 二 幕

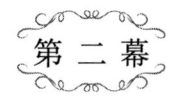

汉斯登猎庄会客厅,晚餐后,灯光明亮。
夫人们坐沙发上。

亚龙比太太　摆脱了男人哪怕只一会儿，也是多么舒服！

斯达菲夫人　对，男人的迫害真可怕，是不是？

亚龙比太太　迫害吗？我倒希望他们有本领。

汉斯登夫人　亲爱的，你的意思是——

亚龙比太太　讨厌的事情是这些坏家伙没有我们可以过得非常快活。这就是我为什么认为不能让他们离开我们片刻的自由，除了晚餐后这短短的几分钟，没有这点时间，我看女人简直要化为泡影了。

（仆人送咖啡上。）

汉斯登夫人　化为泡影吗，亲爱的？

亚龙比太太　是的，汉斯登夫人。只有这样紧紧拉住他们才能使他们就范。他们总想摆脱我们。

斯达菲夫人　在我看来，似乎是我们在设法逃避他们。男人是这样非常没有心肝的人，他们知道他们对我们的力量，用起来会不遗余力。

卡罗琳夫人　（取仆人盘中的咖啡。）关于男人说了些

	什么话,说得多么无聊!我们能做的事就是要他们安分守己。
亚龙比太太	他们怎么才算安分守己,卡罗琳夫人?
卡罗琳夫人	照顾他们自己的妻子,亚龙比太太。
亚龙比太太	(取仆人盘中咖啡。)的确。不过,如果他们没有结婚呢?
卡罗琳夫人	如果他们没有结婚,就该找个妻子。这一定会引起闲言碎语,单身汉的数目太多,社会上到处都有。应该通过法律,强迫他们在十二个月之内结婚。
斯达菲夫人	(不取咖啡。)不过,他们爱上的人也许喜欢另外的男人呢?
卡罗琳夫人	在那种情况之下,斯达菲夫人,他们应该在一个星期之内和一个可敬的普通女子结婚,以便教训那些妄图得到非分财富的男子。
亚龙比太太	我认为我们不该被当作男人的私有财产。所有的男人都是和他们结婚的女人私有的财富。这是已婚妇女的财富唯一正确的定义。但是我们并不属于任何人。

斯达菲夫人	啊,我非常非常高兴听到你这样说。
汉斯登夫人	你当真这样想?亲爱的卡罗琳,你认为立法会对事实有任何改进吗?据说,到了今天,所有结了婚的男人都生活得像单身汉,而所有的单身汉却生活得像结了婚的人。
亚龙比太太	我从来不知道结了婚的人和单身汉有什么不同。
斯达菲夫人	啊,我想我们总能立刻知道:一个人是否希望一生有个家。我从这么多已婚男子的眼中看出一个非常非常可悲的表情。
亚龙比太太	啊,我注意到的只是:他们非常厌倦做个好丈夫,而做了坏丈夫却又自负得讨厌。
汉斯登夫人	那好,我认为丈夫的典型从我少年时代起就改变了,但是我不得不说:可怜的汉斯登本来是好得像黄金一般讨人喜欢的人物。
亚龙比太太	啊,我的丈夫是一个很有希望、值得注意的人物,但是我一看见他就厌倦了。

卡罗琳夫人　你时时刻刻更新对他的看法,是不是?

亚龙比太太　啊,不对,卡罗琳夫人,我始终只有一个丈夫。你却把我看成一个业余的情人了。

卡罗琳夫人　有你这样对生活的看法,我怀疑你怎么会结婚的。

汉斯登夫人　我亲爱的孩子,我相信你的婚姻生活真正是幸福的,但是你却喜欢隐瞒你的幸福生活,不让别人知道。

亚龙比太太　说老实话,尔勒斯骗我骗得好厉害。

汉斯登夫人　啊,我希望不是这样,亲爱的,我和他的母亲很熟,她是一个斯特拉登家人,是克罗兰勋爵的女儿。

卡罗琳夫人　维多利亚·斯特拉登?我记得很清楚。一个浅色头发、没有下巴的蠢女人。

亚龙比太太　啊,尔勒斯的下巴是方方正正的。

斯达菲夫人　你当真认为一个男人的下巴可能是方方正正的吗?我认为一个男人应该看起来很强壮,但他的下巴应该是相当方的。

亚龙比太太　那你一定得知道尔勒斯,斯达菲夫人,

|||他是不谈话的。
斯达菲夫人|我喜欢不谈话的男人。
亚龙比太太|啊，亚龙比不是不说话。他谈起来就没完没了。但是他只说话而不谈话。他说什么我不知道。我已经好几年没听他说什么了。
斯达菲夫人|那么你就从来都不原谅他吗？那看起来多么惨。不过，生活总是惨的，是不是？
亚龙比太太|生活，斯达菲夫人，简单说来，就是许多美妙时光合成的烦恼片刻。
斯达菲夫人|对，当然有美妙的时光。但是有时亚龙比先生会不会做出莫名其妙的荒唐事？会不会无缘无故和你发脾气，说些既不好听又不符合实际的话？
亚龙比太太|啊，亲爱的，不会。尔勒斯总是很镇静的，所以他使我很紧张。没有什么比镇静更使人紧张的了。现代人的好脾气中也总有粗野的成分。我奇怪我们女人怎么能像现在这样忍受得了。

斯达菲夫人　对，男人的好脾气说明他们不像我们这样敏感，不像我们这样细腻；这成了夫妇之间的大障碍，是不是？不过我还是愿意知道亚龙比先生做过些什么错事。

亚龙比太太　那好，我可以告诉你，如果你认真答应我：你会照样告诉别人。

斯达菲夫人　谢谢，谢谢。我会照样对人说的。

亚龙比太太　尔勒斯和我订婚的时候，他跪着对我发誓：他这一生从来没有爱过别人。我那时很年轻，所以我不相信，这点用不着告诉你了。然而，不幸的是，在婚后四五个月内，我没有进行任何调查。然后我才发现：他告诉我的完全是事实。而这种事实却使得一个男人变成毫无趣味的了。

汉斯登夫人　亲爱的！

亚龙比太太　男人喜欢做女人的第一个情人。这是他们笨拙的虚荣心。我们女人看事物有一种更精细的本能。我们喜欢做男人最后一次恋爱的主角。

斯达菲夫人　我明白你说的意思。这个想法非常美。

汉斯登夫人	我亲爱的孩子,你不是要告诉我:你不原谅你的丈夫,因为他从来没有爱过别的女人吧。你听说过这种事情吗,卡罗琳?我听了觉得很意外。
卡罗琳夫人	啊,妇女受了这么高的教育,珍妮,今天除了幸福的婚姻以外,恐怕没有什么能使她们感到意外的了。
亚龙比太太	啊,她们已经不合时宜了。
斯达菲夫人	除非她们是中产阶级妇女。
亚龙比太太	多么像中产阶级!
斯达菲夫人	是的——难道不是吗?——非常非常像中产阶级。
卡罗琳夫人	如果你讲的关于中产阶级的话当真,斯达菲夫人,那就大大提高了她们的地位。可惜的是,在我们这个阶层的生活中,妻子总是管些琐碎的事,给人的印象显然是这成了妇女的本能。我认为这就是我们大家都知道的:社会上为什么产生这么多不幸婚姻的原因。
亚龙比太太	你知道吗,卡罗琳夫人?我不认为这和

妻子的工作琐碎有什么关系。今天多数婚姻的失败，都是丈夫缺乏常识引起来的。如果一个丈夫把妻子当作只有理性而没有感情的女人，那妻子怎么可能幸福得起来？

汉斯登夫人　亲爱的！

亚龙比太太　男人又穷又笨，可靠而又需要，属于理性动物，已经有几百万年了。他们也是身不由己。是他们的性别造成的。女人的历史却完全不同。我们如画的形象使我们不只是常识上的存在。我们从一开始就看到了男人的这种危险。

斯达菲夫人　对——对丈夫的观念肯定是最难说清楚的。请你告诉我你对理想丈夫的观念是怎么样的。我想那会对我非常非常有用。

亚龙比太太　理想的丈夫？哪里有这种东西？提法就有错误。

斯达菲夫人　那就说理想的男人吧，还是就对我们女人的关系来说的。

卡罗琳夫人　　那可能是非常现实主义的了。

亚龙比太太　　理想的男人？啊，理想的男人应该谈起话来把我们当女神，做起事来却又把我们当孩子。他应该拒绝我们一切认真的要求，却又满足我们每一个浮思幻想。他应该鼓励我们胡作非为，却又禁止我们去完成使命。他应该说的比想的多，实际的意思又比口里说的还要多。

汉斯登夫人　　他怎么可能两全其美呢，亲爱的？

亚龙比太太　　他应该永远不追求其他漂亮女人。这表示他不懂趣味，或者使人怀疑他的趣味太多。不，他应该对女人都好，但又要说她们对他都没有吸引力。

斯达菲夫人　　对，听到谈论别的女人永远是很有趣味的。

亚龙比太太　　随便我们对他提出什么问题，他给我们的回答总是关于我们自己的。他应该万变不离其宗地称赞他知道我们还没有的品质。但是他又应该责备我们，相当无情地责备我们做梦也想不到应该争取我们还没有的品质。他应该永远不相信我们知道如何利用有用的东西。那会是不可原谅的。但是他应该倾盆倒出我们所不需要的一切。

卡罗琳夫人　就我所能看到的,他什么也不会做,只会付账。还会恭维。

亚龙比太太　在大家面前,他应该毫不动摇地对我们妥协,当我们单独在一起的时候,他又会对我们表示绝对的尊敬。然而,他还应该随时准备和我们大闹一场,在我们要闹,并且闹得一塌糊涂的时候,他一转眼,在不到二十分钟的时间内,又要说得我们哑口无言,在半小时内甚至要动手动脚,到了八点差一刻我们换装晚餐之前,他甚至离开我们走了。然后当你最后一次看见他的时候,他拒绝收回他给了你的东西,答应永远不再和你通信时,他应该是完全心碎了。整天给你电报,每半小时一个,晚餐一个人在俱乐部吃,每个人都知道他多么不开心。

  过了可怕的一个星期，你同丈夫到处走走，不过是表示绝对孤独而已。再过一个可怕的星期，他可能做第三次最后的告别，如果他的行为无可非议，而别人对他不好，他就应该承认自己完全错了，他认错后，妻子的责任就是宽恕。而这一套只要略加修改，就可以从头到尾重演一遍。

汉斯登夫人	你多聪明，亲爱的，你说得自己也不信。
斯达菲夫人	谢谢你，谢谢你。非常非常有趣。我一定要尽力记住。有这么多细节都是非常非常重要的。
卡罗琳夫人	但是你还没有告诉我们：理想人物得到的报酬是什么呢？
亚龙比太太	他的报酬？啊，无穷的希望，这对他而言已经足够了。
斯达菲夫人	不过，男人的要求苛刻得可怕，简直是可怕，难道不是吗？
亚龙比太太	这没有关系。一个人不能够屈服。
斯达菲夫人	即使是对理想的人物？

亚龙比太太　　理想人物也不能例外。当然，除非是你想要对他觉得厌倦了。

斯达菲夫人　　啊！——对，我明白了。这对我很有帮助，很有帮助。亚龙比太太，你认为，我会碰得到一个理想人物吗？理想人物是不是不止一个呢？

亚龙比太太　　全伦敦只有四个理想人物，斯达菲夫人。

汉斯登夫人　　啊，亲爱的！

亚龙比太太　　（走到汉斯登夫人身边。）发生了什么事情？请一定要告诉我。

汉斯登夫人　　（低声。）我完全忘记了美国的年轻小姐还一直在房间里呢。我怕这些俏皮的谈话也许已经使她感到有点痛苦了。

亚龙比太太　　啊，那对她会有很大的好处！

汉斯登夫人　　但愿她不会明白得太多。我觉得我最好是走过去和她谈谈。（起身走过去对赫斯特·沃斯莱小姐说。）你好，亲爱的沃斯莱小姐。（在她身旁坐下。）你在这个幽静的角落里待得多么惬意啊！我想你是不是在读一本书呢？图书馆里有这么多书呢。

沃斯莱小姐　不,我一直在听你们谈话。

汉斯登夫人　你千万不要相信你听到的每一句话,亲爱的。

沃斯莱小姐　我哪一句也不相信。

汉斯登夫人　那就对了,起爱的。

沃斯莱小姐　(接着说。)我简直不能相信任何女人能像你们的一些客人今晚所谈的那样对生活有这种看法。(全场愕然,哑口无言。)

汉斯登夫人　我听说你们美国也有这样愉快的聚会。有些聚会就像我们这里一样。那是我的儿子写信告诉我的。

沃斯莱小姐　美国和别的地方一样都有小集团,汉斯登夫人,但是真正参加美国社团的都是好男女。

汉斯登夫人　多么明智的组织,我敢说那也是十分愉快的集体。我怕在英国人为的社会阻碍太多。我们看不见我们应该看到的中产阶级和下层社会。

45

沃斯莱小姐	在美国,我们没有下层社会。
汉斯登夫人	真的吗?那安排得也太怪了……
亚龙比太太	那个可怕的女孩在谈些什么?
斯达菲夫人	她说话自然得叫人痛苦,是不是?
卡罗琳夫人	听说美国缺的东西可多着呢,沃斯莱小姐。据说,你们没有古迹,没有古玩。
亚龙比太太	(对斯达菲夫人)真是胡说!他们有他们的母亲,有他们的姿态。
沃斯莱小姐	英国贵族提供给我们的是古玩,卡罗琳夫人。每个夏天经常用轮船运来,并且在登陆的第二天就来了。至于古迹么,我们建设的比砖头瓦片可要长久得多。(站起来从桌上拿扇子。)
汉斯登夫人	那是什么,亲爱的?啊,对了,一种钢铁展览品。是不是?出现在一个名字稀奇古怪的地方。
沃斯莱小姐	(站在桌旁。)我们在建设生活,汉斯登夫人,生活的基础比这里的生活更好、更真、更纯。当然,你们大家听起来觉得奇怪。你们怎能不觉得奇怪呢?你

们这些英国的有钱人，你们不知道你们是怎样生活的。你们怎能知道呢？你们的社会排斥善良的和美好的。你们嘲笑简单的和纯洁的。你们都是依靠别人生活，靠别人供养才能生活的。你们瞧不起简单纯洁的人。你们依靠别人为生。如果你们对穷人施舍面包，那只是希望他们在一个季节里不要闹事。尽管你们豪华，有财富，有艺术，你们不知道如何生活，甚至不知道你们无知。你们爱你们能看到、能接触、能摆布，甚至能摧毁的美好事物，但是看不见生活的无形之美、高级生活的无形之美。你们不知道生活的秘密。哦，你们英国社会对我显得肤浅、自私、愚蠢；瞎了眼睛，聋了耳朵；躺着像穿王袍的麻风病人，坐着像镀金的尸首。一切都大错而特错了。

斯达菲夫人　我不认为一个人应该知道这些事情。这不是什么好事，对不对？

汉斯登夫人　我亲爱的沃斯莱小姐,我本来以为你很喜欢英国社会。你得到下层社会的热爱,使我忘了亨利·维斯顿勋爵关于你所说的话——那是美得不能再美的了,而你知道谈起美来,他是权威。

沃斯莱小姐　亨利·维斯顿勋爵!我记得他,汉斯登夫人。他的笑里藏刀,生活中却隐藏着见不得人的事。他到处受到欢迎,晚宴少了他就会出现空白。有些人身败名裂却得归功于他。他使多少人被逐出社交圈,又使多少人名誉扫地!你在街上碰到他们会掉头不顾;我并不认为这样惩罚他们有什么错误。女人犯了罪孽都不能不受惩罚。

（亚布罗太太从后面的阳台上,她的外套上有丝带系住面纱。她听到最后几句话感到震惊。）

汉斯登夫人　我亲爱的年轻女士!

沃斯莱小姐　难道她们应该受到惩罚吗?但是不应该只让她们挨罚。如果一对男女犯罪,应该让他们两个同到沙漠中去互爱或者互恨，让他们都烙上犯罪的印章。如果你愿意，还可以在他们身上留下标记。但是不要只处罚一个而让另一个逍遥自在，不要对男人是一种法律而对女人却是另外一种。你们英国对待妇女并不公平。除非你们认为对女人可耻的事，对男人并不一样可耻，否则，你们永远是不公平的。正确是烈焰腾腾的火柱，错误却是云遮雾绕的水柱。这两根柱子在你们的眼睛，或者说在你们根本视而不见的眼睛看来，却是模糊不清的。

卡罗琳夫人　亲爱的沃斯莱小姐，你站在我的棉线前面，我可不可以请你帮我拿一下？谢谢。

汉斯登夫人　我亲爱的亚布罗太太！我非常高兴你能光临，我怎么没有听见通报呀？

亚布罗太太　啊，我不是从正门进来的。汉斯登夫人，你没有告诉我有晚会呀。

汉斯登夫人　不是晚会。只是几个客人来家里坐坐，你们应该认识认识。请允许我，（去扶她。按铃。）卡罗琳，这位是亚布罗太太，一个亲密的朋友。卡罗琳·蓬特华夫人，斯达菲夫人，亚龙比太太。还有我年轻的美国朋友，沃斯莱小姐，她刚刚告诉我们一些不便告诉外人的事。

沃斯莱小姐　我怕你会认为我说得太过分了，汉斯登夫人，不过有些在英国发生的事——

汉斯登夫人　我亲爱的年轻小姐，你说的话，我敢说，有许多是千真万确的，而更重要的是，你说的时候显得非常可爱。这是伊琳沃勋爵会告诉我们的，只有一点我认为你说得稍微重了一些，那就是关于卡罗琳夫人的兄弟，关于亨利勋爵的事。他的确是个好伴。

（仆人上。）

把亚布罗先生的东西送去。

（仆人携包裹下。）

沃斯莱小姐　卡罗琳夫人，我没想到他是你的兄弟。真对不起，使你难过了。——我——

卡罗琳夫人　亲爱的沃斯莱小姐，你简单的演说，如果我可以这样说的话，最能得到我彻底同意的，就是关于我兄弟的那一部分。即使你说得再坏也不会过分的。我把亨利当作一个彻底丢人的现世宝。不过，我也不得不补充一句，珍妮，你当然注意到了，他是个吃喝玩乐的好伴，尝过他厨子手艺的伦敦客，餐后会忘记一切，甚至忘记他的亲人。

汉斯登夫人 （对沃斯莱小姐）来吧，亲爱的，和亚布罗太太交个朋友吧。据说，她是一个不加入我们圈子的好伴，我不得不说她很少参加我的宴会，不过，并不是我不邀请她。

亚龙比太太 男人晚餐后还待在一起议论，真讨厌！我希望他们谈到我们用的是最刻薄的字眼。

斯达菲夫人 你真的希望这样吗？

亚龙比太太 我敢肯定。

斯达菲夫人 他们多么可怕！我们要不要到阳台上去？

亚龙比太太 只要离开这些眼不见为净的家伙就行。

(站起来同斯达菲夫人走向门口。)我们只是去看看天上的星星,汉斯登夫人。

汉斯登夫人　你们会看到满天星斗。亲爱的,但是不要受凉了。(对亚布罗太太)我们会多么想念杰拉德,亲爱的亚布罗太太。

亚布罗太太　伊琳沃勋爵的确提出要杰拉德当他的秘书吗?

汉斯登夫人　啊,是的!他这件事做得十分讨人喜欢。他对你的孩子有特别好的看法。亲爱的,我看你还不了解伊琳沃勋爵呢。

亚布罗太太　我还没见过他。

汉斯登夫人　你当然是早已闻名了。

亚布罗太太　对不起,我还没有那种福气。我生活在社会圈子之外,见到的人也少。我只记得几年前听说过一位老伊琳沃勋爵,我记得他好像是住在约克郡。

汉斯登夫人　啊,对的,这是倒数第二位公爵了。他是一个非常好奇的人。他要和低级人物结婚。再不然,我看,他就干脆不结婚算了。关于这事有些风言风语。当今这一位伊琳沃勋爵可不一般。他与众不同。他的确——当真,什么事也不干。我怕在场的漂亮美国客人要不以为然了,不过,我不知道他会不会对你感兴趣的问题感兴趣。亲爱的亚布罗太太。你认为,卡罗琳,你认为伊琳沃勋爵会对穷人的住房问题感兴趣吗?

卡罗琳夫人　我认为一点也不会,珍妮。

汉斯登夫人　我们各人都有各人不同的趣味,是不是?伊琳沃勋爵有很高的地位,只要他想得到,他就没有什么他得不到的。当然,他还是一个相对年轻的贵族,他得到他的爵位只不过是——几年前的事,卡罗琳,你记得伊琳沃勋爵继承爵位,准确地说有几年了?

卡罗琳夫人　我想,珍妮,大约有四年了。我记得就是在那一年,我的兄弟在晚报上发表了他最后一篇揭露的文章。

汉斯登夫人　啊,我也记起来了。大约是四年前。当然,那时有很多人和现在的伊琳沃勋爵

　　　　　　　争夺爵位，亚布罗太太。有很多人，比如说谁呀？卡罗琳？

卡罗琳夫人　　比如说可怜的马加丽的孩子。你记得她多么想要一个男孩，结果就生了一个。可惜孩子死了，不久之后，丈夫也死了，她又立刻改嫁雅斯科勋爵的一个儿子，听说她的丈夫还打她呢。

汉斯登夫人　　啊，那是在家里，亲爱的，那是在家里。还有，我记得，一个教士发了神经病，或者是一个精神病人要做教士，我已经记不清了。不过，我记得大法院调查过这件事，发现这个人已经疯了。后来我在可怜的普兰特勋爵那里见到他，头发上还有稻草，或者是什么稀奇古怪的东西，我不记得是什么。我常感到遗憾的是，卡罗琳，亲爱的西西丽夫人没有活着看见她的儿子得到贵族的称号。

亚布罗太太　　谁是西西丽夫人？

汉斯登夫人　　伊琳沃勋爵的母亲是，亲爱的亚布罗太太，她是解琳汉公爵夫人几个美丽的女儿中的一个，后来嫁给托马斯·哈福德爵士，虽然他是伦敦最漂亮的男子，但当时并不被人认为是很好的搭配。我和他们两个都很熟悉，还有他们的儿子亚瑟和乔治。

亚布罗太太　结果当然是大儿子更出色了，汉斯登夫人？

汉斯登夫人　不，亲爱的，他死在打猎场上，或者是钓鱼台前。卡瑟琳？我记不清楚了。不过乔治干什么都有一手。我常对他说：小儿子没一个有他这样好运气的。

亚布罗太太　汉斯登夫人，我想和杰拉德说句话。我可以见到他吗？能不能要他过来？

汉斯登夫人　当然可以，我可以叫个仆人去餐厅要他过来。我不知道这些男人干吗在餐厅里待那么久。（按铃。）但我最初认识伊琳沃勋爵的时候，他还只是一个穿便衣的乔治·哈福德，已经是城里很出色的一个年轻人，但是身无分文，只有西西丽夫人给他一点。她对他很好，我想主要是因为他和他的父亲关系不好。啊,可敬的副主教来了。(对仆人)不必特别招待。

(约翰爵士和多贝尼副主教上。约翰爵士走向斯达菲夫人,多贝尼副主教走向汉斯登夫人。)

多贝尼副主教　伊琳沃勋爵真客气。我从来没有受过这么好的款待。

(看见亚布罗太太。)啊,亚布罗太太。

汉斯登夫人　(对多贝尼)你看,我到底把亚布罗太太请到家里来了。

多贝尼副主教　这是一种光荣,汉斯登夫人,我的太太知道了都要妒忌的。

汉斯登夫人　啊,真对不起,多贝尼太太今晚没有和你同来。是不是又和平常一样头痛了?

多贝尼副主教　是的,汉斯登夫人。她是个老病号。不过她一个人倒也逍遥自在,逍遥自在。

卡罗琳夫人　(对丈夫)约翰!

(约翰爵士走到夫人身边,多贝尼副主教和汉斯登夫人、亚布罗太太谈话。亚布罗太太注视伊琳沃勋爵。他走过客厅，没有注意到她，而走到亚龙比太太身边。亚龙比太太和斯达菲夫人站在门口看着阳台。）

伊琳沃勋爵　世界上最迷人的女人怎么样了？

亚龙比太太　（握住斯达菲夫人的手。）我们两个人都很好，谢谢你，伊琳沃勋爵。你在餐厅待的时间怎么这样短？看来我们好像刚刚离开餐厅似的。

伊琳沃勋爵　我厌烦得要命。整个时间都没有开口。绝对想来看你们。

亚龙比太太　你应该来。美国小姐给我们上了一堂课。

伊琳沃勋爵　是吗？我看美国人都会传道说教。这是他们的气候造成的。她向你们传什么道了？

亚龙比太太　啊，当然是清教徒那一派。

伊琳沃勋爵　我可以去转变她的看法，行不行？你们给我多少时间？

亚龙比太太　一个礼拜。

伊琳沃勋爵　一个礼拜足足乎有余了。

（杰拉德同亚夫莱勋爵上。）

杰 拉 德　　（走向亚布罗太太。）亲爱的妈妈！

亚布罗太太　　杰拉德，我觉得一点也不舒服。送我回家去吧，杰拉德。我本不该来的。

杰 拉 德　　真对不起，妈妈。当然。不过你一定得先认识认识伊琳沃勋爵。（走过去。）

亚布罗太太　　不必今夜吧，杰拉德。

杰 拉 德　　伊琳沃勋爵，我非常想要你认识我的母亲。

伊琳沃勋爵　　非常高兴。（对亚龙比太太）我一会儿就回来。别人的母亲总使我讨厌得要死。所有的女人都像她们的母亲。这就是她们的悲剧。

亚龙比太太　　男人没有一个像母亲的。这也是男人的悲剧。

伊琳沃勋爵　　你今夜多么兴高采烈啊！（转过头来和杰拉德同亚布罗太太见面。一见面吓了一跳。然后眼睛慢慢盯着杰拉德。）

杰 拉 德　　妈妈，这一位是伊琳沃勋爵。是他提出来要用我做他私人秘书的，（亚布罗太太冷冷地行礼如仪。)这对我是一个特好的开始,是不是?我希望他不会对我失望。这是最重要的。你会感谢伊琳沃勋爵的,妈妈,是不是?

亚布罗太太　伊琳沃勋爵,我敢肯定,现在对你实在是太好了。

伊琳沃勋爵　(把手放在杰拉德肩头上。)啊,杰拉德和我已经是好朋友了……亚布罗……太太。

亚布罗太太　你和我的儿子之间并没有什么相同的地方,伊琳沃勋爵。

杰　拉　德　亲爱的妈妈,你怎么能这样说呢?当然,伊琳沃勋爵是非常聪明的,对这一类事情,简直可以说,没有什么伊琳沃勋爵不知道的。

伊琳沃勋爵　亲爱的小伙子!

杰　拉　德　我没有见过对生活了解得比他还更丰富的人。伊琳沃勋爵,在你面前,我简直成了一个不中用的东西。当然,我有很多不利的条件:我不像别的人才进过伊顿学校或者牛津大学,但是伊琳沃勋爵

|||并不在乎。他对我非常好,妈妈。
亚布罗太太　伊琳沃勋爵可能改变主意。他也许并不真需要你做他的秘书。
杰　拉　德　妈妈!
亚布罗太太　你要记住你自己说过的话,你的有利条件不多。
亚龙比太太　伊琳沃勋爵,我要和你说几句话。请你过来,好不好?
伊琳沃勋爵　对不起,亚布罗太太。现在,不要让你可爱的母亲为这点小事使我为难了,杰拉德。就这样决定了,不是吗?
杰　拉　德　只好这样了。

（伊琳沃勋爵走到亚龙比太太面前。）

亚龙比太太　我以为你永远不会离开穿黑丝绒袍的女人呢。
伊琳沃勋爵　她特别漂亮。（看着亚布罗太太。）
汉斯登夫人　卡罗琳,我们要不要一起到音乐厅去?沃斯莱小姐要演奏了,你也同去,亲爱的亚布罗太太,好不好?你会想不到等着你的是多么精彩的表演。(对多贝尼副主教）我的确在某个下午要把沃斯莱小姐从教堂里请出来。我非常希望请亲爱的多贝尼太太听听她的小提琴独奏。啊,我忘了。亲爱的多贝尼太太的听力有点小毛病,是不是?

多贝尼副主教　耳聋是她巨大的损失。现在,她甚至不能听我传道说教,只能在家里读经了。不过,她自己还有许多办法,有许多办法。

汉斯登夫人　她读得很多吧,我看?

多贝尼副主教　只能看大字印本。她的眼力也不管用了。不过,她还不是死气沉沉的,不是死气沉沉的。

杰　拉　德　（对伊琳沃勋爵）在进音乐厅之前,伊琳沃勋爵,请你和我母亲说几句吧。她似乎不太相信你对我说过的话是出自内心的呢。

亚龙比太太　你来不来?

伊琳沃勋爵　等一等,汉斯登夫人,如果亚布罗太太同意的话,我会对她说几句的。然后,

|||我们会来找你们。
汉斯登夫人　啊，当然啰，你会有许多话要和她说，而她当然也有许多要谢谢你的话。并不是每个人都有这种好机会的，亚布罗太太。不过我知道，你不会错过的，好太太。

卡罗琳夫人　约翰！

汉斯登夫人　现在，不要让亚布罗太太等太久了，伊琳沃勋爵。我们少不了她。（随客人下。音乐厅内传出小提琴声。）

伊琳沃勋爵　这样看来，他是我们的儿子了，拉切尔！那好，我为他感到骄傲。他是一个哈福德人。他身上每一寸都是哈福德的。这样看来，他为什么姓亚布罗呢？拉切尔，你说？

亚布罗太太　姓这和姓那不是一样好吗？一个人并没有选姓什么的权利。

伊琳沃勋爵　算了——为什么他叫杰拉德？

亚布罗太太　那是一个我使他心碎肠断的人——那是我父亲的名字。

伊琳沃勋爵　　那好,拉切尔,过去了的事就让它过去吧。我现在要说的是:我对我们的孩子感到非常非常满意。全世界都只会知道他是我的私人秘书,但是对我而言,他比秘书更亲更近。说也奇怪,拉切尔,我的生命似乎十分完善了,其实并不完善,我还缺少了什么,我还缺少一个儿子。现在,我找到了我的儿子。我很高兴我到底找到他了。

亚布罗太太　　你没有权利叫他做儿子,他身上没有哪一部分是属于你的。这个孩子完全是我的,以后也一直是我的。

伊琳沃勋爵　　我亲爱的拉切尔,你一个人占有他已经二十多年了。为什么不能让我分享一点呢?他不但是你的,而且也是我的啊。

亚布罗太太　　你是在谈那个你抛弃了的孩子吗?那个孩子,对你来说,可能早已饥寒交迫而死了。

伊琳沃勋爵　　你忘记了,拉切尔,是你离开了我,而不是我离开了你。

亚布罗太太　我离开你是因为你拒绝给孩子一个姓氏。在我的孩子出生之前，我要求你和我结婚。

伊琳沃勋爵　那时我的前途没有什么希望。再说，拉切尔，那时我的年龄比你大不了多少，我刚二十二岁。而我记得，事情发生在你父亲花园里的时候，我还只有二十一岁呢。

亚布罗太太　一个人到了开始做错事的年龄，他也应该开始会做好事了。

伊琳沃勋爵　我亲爱的拉切尔，知识上的是非可以说得清楚，道德上的是非就很难说了。说我让我们的孩子忍饥挨饿，这当然是不真实的，是愚蠢得可笑的。我的母亲提出每年给你六百金镑，但是你却不要，而且是不明不白地带着孩子走了的。

亚布罗太太　我不能接受你母亲一分钱。而你的父亲却完全不同；他在巴黎当着你的面告诉我：和我结婚是你的责任。

伊琳沃勋爵　啊，每个人都希望别人尽责，但是自己却不负责任。自然，我受了母亲的影响，哪个年轻人不是？

亚布罗太太　很高兴听你这样说。杰拉德一定不会跟你走。

伊琳沃勋爵　随你说吧，拉切尔！

亚布罗太太　你以为我会让我的儿子——

伊琳沃勋爵　我们的儿子。

亚布罗太太　我的儿子——（伊琳沃勋爵耸耸肩膀。）——去跟随那个玷污了我的青春，毁坏了我的一生，污染了我每一天的每时每刻的坏家伙吗？你根本不知道我过去的生活是怎样受苦受难，忍辱忍痛的。

伊琳沃勋爵　我亲爱的拉切尔，我必须老实告诉你：我认为杰拉德的未来比你的过去重要得多。

亚布罗太太　杰拉德的未来和我的过去是分不开的。

伊琳沃勋爵　他正需要做的就是把他的未来和你的过去分开。这也正是你应该帮他做的事。你是一个多么典型的女人啊！你谈起话来只是感情冲动，其实你从头到尾都是个自私自利的女人。不要让我们闹笑话吧。拉切尔,我要你从常识的观点来看这个问题,什么是我们儿子最好的前途,不要把你和我掺进去搞乱了问题。我们的儿子现在是什么人?是英国一个三等省份的小银行里的低工资小职员。如果你以为他处在现在的地位感到满意,那就错了。他是非常不满意的。

亚布罗太太　他在碰到你以前并不是不满意。是你引起了他的不满。

伊琳沃勋爵　当然,是我引起他不满的。不满是一个人或一个民族前进的第一步。但是我并没有把他引到一个可望而不可即的地位。不,我向他提出了一个很美的建议。用不着说,他听后跳了起来。哪一个年轻人能不跳呢?现在,只是因为发现了我是这个年轻人的父亲,他是我的亲生儿子,你提出来的建议是要毁了他的前途。这就是说,假如我是一个外人,你会让杰拉德跟着我走,但现在他

|||是我的血肉至亲，你反而不让了。你这是多么不合情理啊！

亚布罗太太　我就是不让他去。

伊琳沃勋爵　你怎能阻止得了？你有什么借口可以阻止他接受我提出的好建议？我用不着告诉他我和他是什么关系。我简直用不着说。不过你也不敢告诉他的。你知道这一点。瞧！你是怎么把他带大的。

亚布罗太太　我把他培养成了一个好人。

伊琳沃勋爵　不错。但是结果怎么样？你教育他来裁判你，如果他发现了你的意图，那时他就会忍心做一个对你不公正的裁判。不要上当，拉切尔，孩子开始爱父母。后来就会批判他们，很少会原谅他们的。

亚布罗太太　乔治，不要把我的儿子带走。我花了二十年的痛苦，只培养了一个爱我、我也爱他的这一个人。你过上了成功的生活。你生活得幸福，从没想过我们。根据你的人生观，你没有理由再想起我们。你见到我们完全是意外，可怕的意外。不要来了！忘记了吧。不要来抢走——抢走我在这世界上唯一的人了。你在其他方面都很富有。把我生命中的小葡萄园留给我吧；把这个围墙内的小花园，把这口水井，还有上帝送给我的小羔羊留给我吧；不管你是同情还是愤怒，啊！把他留给我吧。乔治，千万不要把杰拉德带走。

伊琳沃勋爵　拉切尔，在目前的情况下，你不是杰拉德事业上需要的人；而我是的。关于这个问题，目前没有什么可以多说的了。

亚布罗太太　我不会让他走。

伊琳沃勋爵　杰拉德来了。他有权决定自己的命运。

（杰拉德上。）

杰　拉　德　好了，亲爱的妈妈，我希望你和伊琳沃勋爵已经把一切都谈妥了。

亚布罗太太　还没有呢，杰拉德。

伊琳沃勋爵　你母亲似乎不喜欢你到我这里来，她自有道理。

杰　拉　德　怎么啦，妈妈?

亚布罗太太　　我想你和我在一起已经很快活了,杰拉德。我不知道你会这样着急想离开我。

杰　拉　德　　妈妈,你怎么能这样说呢?当然,我和你在一起过得相当快活。但是一个人不能够永远只和母亲待在一起。没有人会那样。我要谋求我自己的地位,干出自己的事来。我本来以为你看到我成了伊琳沃勋爵的秘书,会感到骄傲的呢。

亚布罗太太　　我不认为你适合当伊琳沃勋爵的私人秘书,你还没有当秘书的资历呢。

伊琳沃勋爵　　我一点也不愿意显得干涉别人的事,亚布罗太太,对于你最后的反对意见,我敢说我是最好的裁判员。我可以告诉你:你的儿子具备了一切我希望他具备的条件。事实上,他具备得超过了想象。(亚布罗太太不说话。)你还有什么反对意见吗,亚布罗太太?

杰　拉　德　　你还有意见吗,妈妈?请回答吧。

伊琳沃勋爵　　如果你要单独和儿子谈谈,我可以离开。你也许还有别的不愿意外人知道的

|||理由。
亚布罗太太|||没有别的理由了。
伊琳沃勋爵|||那么,亲爱的孩子,我们可以认为事情已经确定了。来吧,你和我可以同到阳台上去吸烟了。还有亚布罗太太,请让我告诉你:我觉得你干得非常非常聪明嘛。

(同杰拉德下。亚布罗太太一人留台上,一动不动,脸上显示说不出的悲哀。)

(第二幕完)

第 三 幕

汉斯登猎庄的画廊。后方有门开向阳台。伊琳沃勋爵和杰拉德上。勋爵躺沙发上,杰拉德坐椅子上。

伊琳沃勋爵　你的母亲真会临机应变，杰拉德。我知道她到底会转过弯子来的。

杰　拉　德　我的母亲感觉灵敏，令人惊讶，伊琳沃勋爵。我知道她并不认为我受的教育够做你的秘书。而这一点她是完全正确的。我上学的时候懒得可怕，即使是现在，我也通不过要命的考试关。

伊琳沃勋爵　我亲爱的杰拉德，考试没有任何价值。如果他是个上等人，他的知识就够用了。如果他不是上等人，他知道什么都没有用。

杰　拉　德　但是我对世界是这样无知。

伊琳沃勋爵　不要怕，杰拉德。要记住你已经得到了世界上最有用的东西——年轻，没有什么比年轻更有用的。中年人的生命已经抵押出去了一半，老年人已经进了棺材铺，而年轻人却是生命的主人。青年人有一个王国在等待他们。每个人生下来都是一个国王，但是多数人死在流亡中。就像许多国王一样。假如能够赢回

	我的青春，杰拉德，那简直没有什么我不愿做的事，除了要我练习起早，做一个对集体有用的人。
杰 拉 德	但是你不能说你已经老了呀，伊琳沃勋爵。
伊琳沃勋爵	我已经老得可以做你的父亲了。
杰 拉 德	我不记得我的父亲，他几年前就去世了。
伊琳沃勋爵	汉斯登夫人也是这样对我说的。
杰 拉 德	非常奇怪的是，我母亲从来不谈我父亲的事。我有时会想，她一定是下嫁了地位比她低的人。
伊琳沃勋爵	（有点畏缩。）是吗？（走过去把手放在杰拉德肩上。）杰拉德，我怕你不理解做父亲是怎么一回事。
杰 拉 德	啊，不，我的母亲对我太好了。从来没有人有过我这样好的母亲。
伊琳沃勋爵	我能肯定这点。不过，我想，多数母亲并不十分理解她们的儿子。我的意思是：不知道儿子有自己的打算，他想要了解生活，使自己成为名人。总而言之，杰

|||拉德,不想在这样一个小洞里度过你的一生。
杰 拉 德|||啊,不!那太可怕了!
伊琳沃勋爵|||母爱当然是动人的,但也往往掺杂了自私的成分,我的意思是说,在很大程度上是为了自己。
杰 拉 德|||我看也是这样。
伊琳沃勋爵|||你的母亲是一个彻底的好女人。但是好女人对生活的看法也受到了限制,她们看到的天地是这样小,她们的兴趣也很有限。是不是?
杰 拉 德|||她们对我们不太关心的问题,兴趣可能大得吓人。
伊琳沃勋爵|||我猜想你母亲非常信宗教这一类的事情。
杰 拉 德|||啊,是的,她常去教堂。
伊琳沃勋爵|||啊,她不够现代化。而当前最重要的事,数得上的就是现代化了。你要现代化,是不是,杰拉德?你要知道生活到底是什么。不要被旧式的生活理论拖住了后腿。那好,你现在可做的只不过就是使

自己适应上流社会而已。一个人能控制一次伦敦的大宴会，就能控制全世界。未来属于花花世界的公子。最讲究的人就最会统治。

杰　拉　德　我非常喜欢穿好衣服，但是总有人告诉我：关于服装，一个人不要想得太多。

伊琳沃勋爵　今天的人这样绝对表面化，却不懂得表面化的哲学。随便说一句，杰拉德，你应该学会如何打好你的领结。纽扣洞的感觉是很灵敏的。但是重要的是，领结要打得合乎上流社会的规矩。打得好的领结是走向社交生活的第一步。

杰　拉　德　（笑。）我可以学会打领结，伊琳沃勋爵，但我学不会如何像你一样谈笑风生。我不知道如何谈话。

伊琳沃勋爵　啊，和女人谈话要像你仿佛爱上了她，而对男人讲话却好像你讨厌他，那么，在你社交的第一阶段，你就会得到擅长社交的美名。

杰　拉　德　但进入社交圈子是很难的，是不是？

伊琳沃勋爵　今天要进入最好的社交圈子，你就要叫人吃得好，开口笑，或者受不了。——这就是诀窍！

杰　拉　德　我认为社交是非常有趣的。

伊琳沃勋爵　身在社会中很讨厌，但是身在社会外简直是悲剧了。社交是不可以没有的。没有人能在世界上取得成功，除非他后面有个女人，而女人统治了社会。如果你没有女人在一边支持，那你就完蛋了。哪怕你既是律师，又是掮客，还是新闻记者，都没有用。

杰　拉　德　理解女人很难，是不是？

伊琳沃勋爵　你不必去理解女人。女人只是图画。男人却是问题。如果你要知道一个女人的真正意思——顺便说一句，这是很危险的事——看着她，但是不要听她说什么。

杰　拉　德　女人都聪明得惊人，是不是？

伊琳沃勋爵　应该这样对她们说。不过，对哲学家说来，亲爱的杰拉德，女人代表物质对心灵的胜利——而男人代表心灵对道德的胜利。

杰　拉　德　那么，女人对男人怎么可能发出像你所说的那么大的力量呢？

伊琳沃勋爵　女人的历史就是世界上最可怕的女人统治男人的历史，就是弱者统治强者的历史。这是唯一能维持长久的统治。

杰　拉　德　但是女人能不能发挥更美好的影响呢？

伊琳沃勋爵　没有什么比智力的影响更好的了。

杰　拉　德　不过，女人有各种不同的女人，是不是？

伊琳沃勋爵　社会上只有两种女人：普通的和色彩鲜明的。

杰　拉　德　社会上也有好女人，不是吗？

伊琳沃勋爵　太多了。

杰　拉　德　难道你以为女人不应该是好人？

伊琳沃勋爵　永远不要对女人这样说，她们就会立刻都成了好人。女人的任性简直会令人着迷。每个女人都是一个叛徒，她们往往是粗暴地反对自己。

杰　拉　德　你还没有结过婚吧，伊琳沃勋爵，是不是？

伊琳沃勋爵　男人结婚是因为他们厌倦了；女人结婚却是为了好奇。结果双方都失望了。

杰　拉　德　难道你不认为一个人结婚后会快活？

伊琳沃勋爵　非常快活。但是一个已婚男人快活不快活，要看那个没有和他结婚的女人。

杰　拉　德　如果他爱她呢？

伊琳沃勋爵　一个人应该永远爱恋，所以他不应该结婚。

杰　拉　德　爱情是非常奇妙的，是不是？

伊琳沃勋爵　一个人开始恋爱的时候，他就开始欺骗自己，结果却是欺骗了别人。这就是世上所说的浪漫恋爱史。但是真正伟大的热情，相对而言，今天是比较少了。热情成了无所事事者的特权。这就是一个国家的懒惰阶级还有用处的原因。这也可能是我们哈福德人还有用处的唯一解释。

杰　拉　德　哈福德人？伊琳沃勋爵？

伊琳沃勋爵　哈福德是我们家族的姓氏，你可以查查

《贵族家世史》，杰拉德。这是城市青年应该好好读的一本书，也是英国人著作中最好的小说。现在，杰拉德，你要同我进入一个完全崭新的生活了。我要告诉你如何生活。

（亚布罗太太出现在后方阳台上。）

因为这个世界是傻瓜建筑好，而为聪明人在其中生活享受的。

（汉斯登夫人同多贝尼副主教上。）

汉斯登夫人　啊，你在这里，亲爱的伊琳沃勋爵，那好，我以为你已经在抽烟的时间告诉了我们年轻的朋友杰拉德，他应该做什么事情吧。

伊琳沃勋爵　我已经给了他最好的劝告，汉斯登夫人，也给他抽了好雪茄烟。

汉斯登夫人　真对不起，我没有在这里听你们讲什么，不过我觉得我已经太老了，听不进什么新东西。除了从你那儿，亲爱的副主教，从你的高级讲坛上。不过，你在讲坛上要讲什么，我早已听过了，所以我不会感到有什么新奇的。(看见了后方的亚布罗太太。)啊,亲爱的亚布罗太太,快过来和我们谈谈。快过来吧,亲爱的。

(亚布罗太太上。)

杰拉德和伊琳沃勋爵谈了这么久,我敢肯定,你对一切和他有关的事情都向好的方向发展,你一定觉得非常高兴,让我们坐下来谈谈吧。(她们坐下。)你美丽的刺绣现在进行得怎么样了?

亚布罗太太　我一直没有停呢,汉斯登夫人。

汉斯登夫人　多贝尼太太也干点刺绣活,是不是?

多贝尼副主教　她一度针线活干得很好,简直是一个多卡丝[①],但她后来得了痛风病,手指不太灵活,已经八九年不碰针线板了。不过,她还有许多消遣的方法,她对自己的健康非常关心。

汉斯登夫人　这是非常好的消遣,是不是?现在,你

---

① 编者注:《新约全书》时代一位为穷苦人缝制衣服的基督徒妇女。

们在谈什么？伊琳沃勋爵，可以告诉我吗？

伊琳沃勋爵　我正在向杰拉德解释：这个世界为什么总是对自己的悲剧发出笑声。因为那是他们能够忍受悲剧的唯一方法。因此，结果是，无论这个世界处理什么严肃的问题，也都变成喜剧了。

汉斯登夫人　啊！这又超过了我理解的深度。伊琳沃勋爵随便谈到什么，我总是觉得太深。而人性社会却满不在乎。他们也不来救救我，就这样让我沉没下去。我有一个模糊的想法，亲爱的伊琳沃勋爵，那就是你总站在罪人一边，而我知道，我总是设法站在圣人一边，这就是我尽可能达到的最高程度了。不过，说到底，这可能只是一个奄奄一息的幻想。

伊琳沃勋爵　圣人和罪人的唯一分别就是：每一个圣人都有过去的历史，每一个罪人都有未来的打算。

汉斯登夫人　啊！这对我说来非常适合。我对过去没有什么可说的。你和我,亲爱的亚布罗太太,是落后于时代的了。我们赶不上伊琳沃勋爵。恐怕,我们太关心我们的教育了。受过良好的教育就是要今天退回到过去,过去的教育关上了通向未来的大门。

亚布罗太太　对不起,我不能同意伊琳沃勋爵的看法。

汉斯登夫人　你不错,亲爱的。

（杰拉德耸肩,瞧着母亲。卡罗琳夫人上。）

卡罗琳夫人　珍妮,你看见约翰在哪里?

汉斯登夫人　亲爱的,你不必担心约翰,我不久前看见他和斯达菲夫人在黄色会客厅里。他们看来谈得兴高采烈,你不必去看他们了。

卡罗琳夫人　我看我还得去照顾照顾约翰。

（卡罗琳夫人下。）

汉斯登夫人　对男人不必太关心了。卡罗琳的确是无事自寻烦恼。斯达菲夫人是很同情别人的。她对什么事都一样同情。真是好脾气。

（约翰爵士同亚龙比太太上。）

啊,约翰爵士来了。还是和亚龙比太太

　　　　　　　一起来的!我还以为是斯达菲夫人呢。约翰爵士,卡罗琳在到处找你呢。

亚龙比太太　　我们一直在音乐厅等她呢,亲爱的汉斯登夫人。

汉斯登夫人　　啊,音乐厅,当然是音乐厅。我却记成是黄色会客厅了。我的记性真是越来越差了。(对副主教)多贝尼太太的记性很好,对不对?

多贝尼副主教　她的记性本来非常出色,但是自从上次发病以来,她就只记得童年时代的事情了。不过她对回忆这些往事还是非常有兴趣,非常有兴趣的。

(斯达菲夫人同克威尔先生上。)

汉斯登夫人　　啊!亲爱的斯达菲夫人!克威尔先生一直在和你谈些什么呀?

斯达菲夫人　　我只记得谈了金银本位制。

汉斯登夫人　　金银本位制,多么丰富的题目。不过,我知道人们今天什么问题都谈。亲爱的亚龙比太太,约翰爵士和你谈什么啦?

亚龙比太太　　谈的是巴达格尼亚古国。

83

汉斯登夫人	当真？这是一个多么古老的题目！一定有新发现了吧？
亚龙比太太	他谈起这个题目来可有趣啦。古代的野蛮人和今天的文明人无论谈到什么，似乎都有差不多的看法。古代的野蛮人进步得真快！
汉斯登夫人	他们做些什么事呢？
亚龙比太太	他们什么都做。
汉斯登夫人	那好，听得真令人高兴，亲爱的副主教，发现人性永远不变，这是多好的事。总的说来，世界总是同样的世界，是不是？
伊琳沃勋爵	世界可以简单分为两个阶层——一个相信不可信的事，公众就是。——还有人要做不可能做到的事情。——
亚龙比太太	像你一样？
伊琳沃勋爵	对，我总使我意外。这才使生活有意义。
斯达菲夫人	你最近做了什么意外的事？
伊琳沃勋爵	我发现了我自己的天性中有各种各样的好品质。

亚龙比太太　啊！不要一下就变得太好了。要一步一步慢慢来！

伊琳沃勋爵　我根本不是打算变得完美的。至少我希望我不会太完美。太完美实在是太不方便了。女人爱我们正是因为我们有缺点。如果我们缺点够多了，她们就会原谅我们的一切错误，甚至原谅我们有无比的智慧。

亚龙比太太　要求我们原谅别人的分析，那未免言之过早。我们可以原谅别人对我们的崇拜，这是可以希望我们做到的。

（亚夫莱勋爵上。他走向斯达菲夫人。）

汉斯登夫人　啊！我们女人可以原谅一切，是不是，亲爱的亚布罗太太？我敢肯定在这个问题上，你是同意我的。

亚布罗太太　我不能同意，汉斯登夫人。我想，有很多事情是女人不能原谅的。

汉斯登夫人　什么事情？

亚布罗太太　毁了别的女人一生的事。（慢慢走向舞台后方。）

汉斯登夫人　啊！这类事情当然很惨，不过，我相信还有些值得称赞的家庭。这种人正在受到照顾，并且得到改造，而我觉得，整个说来，生活的秘诀就是要宽大为怀。

亚龙比太太　生活的秘诀就是不要感情用事，尤其是不得当的感情。

斯达菲夫人　生活的秘诀是要能够受了非常非常可怕的欺骗还能自得其乐。

克　威　尔　生活的秘诀是要受得起诱惑，斯达菲夫人。

伊琳沃勋爵　生活没有秘诀。生活的目的，如果生活有一个目的的话，那不过是永远等待着诱惑而已。诱惑从来没有接近饱和的时候。我有时一整天碰不到一个诱惑。那真可怕。那会使人对未来产生神经紧张的效果。

汉斯登夫人　（对伊琳沃勋爵摇扇。）我不知道那有什么可怕，亲爱的伊琳沃勋爵。不过今天你所说的每一句话，在我听来，都是极端不合乎道德规范的。不过听你讲来，

|||却是津津有味的。
|伊琳沃勋爵|所有的思想都是不合乎道德规范的。思想的本质就是破坏性的。随便你想到什么事情，你都在破坏它，想到的事情和事实本身并不是一回事，中间总有差距。
|汉斯登夫人|我一句话也听不懂，伊琳沃勋爵。但是我并不怀疑你说得对。至于个人，在思想方面，我觉得我并没有什么可以批评自己的。我不相信女人能够想得太多。女人的思想总是温和的，所以她们做什么事情都不过分。
|伊琳沃勋爵|温和折中派是最要命的，汉斯登夫人。只有走极端才能成功。
|汉斯登夫人|我希望我能够记住这点。它听起来像是格言妙语。不过我在开始忘记一切。这是非常不幸的。
|伊琳沃勋爵|这是你最令人着迷的一种品德，汉斯登夫人。没有一个女人的记忆力胜过常人。女人的记性好就显得俗气了。只要看看一个女人戴什么帽子，就可以知道她的

|||记忆力如何了。
汉斯登夫人　你说得多么迷人,亲爱的伊琳沃勋爵。你总可以在一个人最重要的品德中找出最令人注目的错误来。

(法格哈上。)

法格哈　多贝尼副主教车到。
汉斯登夫人　亲爱的副主教,这才十点半钟呢。
多贝尼副主教　(起身。)恐怕我得走了,汉斯登夫人。星期二总是多贝尼太太不舒服的日子。
汉斯登夫人　(起身。)那好,我不能耽误你陪她的时间。(送他走向门口。)我已经要法格哈把一对松鸡放在车上,多贝尼太太可以想象得出它的美味。
多贝尼副主教　多谢多谢,可惜多贝尼太太早已只能吃软食物了。不过,她还是非常高兴,非常高兴的。她已经没有什么可以抱怨的了。

(随汉斯登夫人下。)

亚龙比太太　(走到伊琳沃勋爵身边。)今夜月亮很美。
伊琳沃勋爵　那我们就去看看月色吧。在这种日子里

	看看变化莫测的景色实在是令人心旷神怡的。
亚龙比太太	你带了你的望远镜吧?
伊琳沃勋爵	望远镜不太懂礼貌。它只照出了我脸上的皱纹。
亚龙比太太	我的望远镜更懂规矩。它不显示事实的真相。
伊琳沃勋爵	那它是爱上你了。
	(约翰爵士、斯达菲夫人、克威尔先生、亚夫莱勋爵同下。)
杰 拉 德	(问伊琳沃勋爵。)我也走吗?
伊琳沃勋爵	走吧,亲爱的孩子。(和亚龙比太太、杰拉德一同走向门口。)
	(卡罗琳夫人上,迅速地向周围看了一眼,然后从约翰爵士和斯达菲夫人相反的方向下。)
亚布罗太太	杰拉德!
杰 拉 德	妈妈!
	(伊琳沃勋爵同亚龙比太太下。)
亚布罗太太	时间不早了。我们回家吧。

杰 拉 德　　亲爱的妈妈，我们再等一会儿吧。伊琳沃勋爵是这样高兴，再说，妈妈，我还有你想不到的事没有告诉你呢。我们月底就要到印度去了。

亚布罗太太　　我们回家去吧。

杰 拉 德　　如果你一定要走，当然啰，妈妈，不过我得向伊琳沃勋爵告别呀。只要五分钟就回来。（下。）

亚布罗太太　　如果他要离开我，那就离开我吧。但是不能同他一起离开我呀！那我可受不了。（走上走下。）

（沃斯莱小姐上。）

沃斯莱小姐　　今夜过得多美啊，亚布罗太太。

亚布罗太太　　是吗？

沃斯莱小姐　　亚布罗太太，我希望我们能成为朋友。你和这里的其他女人都不一样。今天晚上你走进会客厅的时候，你多多少少带来了生活的新鲜美好感。我过去很傻。有些话是可以说的，但是不能在错误的时间和不对头的人面前说。

亚布罗太太　我听到了你说过的话。我很同意,沃斯莱小姐。

沃斯莱小姐　我不知道你听到了。但是我知道你会同意我的。女人犯了错误就应该受到惩罚。是不是?

亚布罗太太　是的。

沃斯莱小姐　但是不该允许她们进入上等男女的集会?

亚布罗太太　不应该。

沃斯莱小姐　男人不该受到同样的处罚吗?

亚布罗太太　应该受到同样处罚。还有孩子,如果有孩子的话,是不是也该一样?

沃斯莱小姐　是的,父母的罪过在孩子身上可以看到。这是公平的道理,也是公正的法律,这甚至是天意。

亚布罗太太　这是可怕的天意。(走向壁炉。)

沃斯莱小姐　你的儿子要离开你,你很难过,亚布罗太太?

亚布罗太太　是的。

沃斯莱小姐　你愿意让他跟着伊琳沃勋爵走吗?当然,这有地位和金钱的问题,但地位和金钱并不是一切，是不是？

亚布罗太太　地位和金钱算不了什么，只会带来痛苦。

沃斯莱小姐　那你为什么要让你的儿子跟他走呢？

亚布罗太太　他自己要走的。

沃斯莱小姐　但是如果你要他留下来，他会留下来的，会不会？

亚布罗太太　他已经下决心要走了。

沃斯莱小姐　他不会拒绝你任何要求的。他太爱你了，要他留下来吧。让我叫他来见你。他现在正和伊琳沃勋爵在阳台上。我经过音乐厅时，听见他们在一起的笑声。

亚布罗太太　不必麻烦你了，沃斯莱小姐，我可以等待。这事并不重要。

沃斯莱小姐　不，我要告诉他你在等他。要他——要他留下来吧。

（沃斯莱小姐下。）

亚布罗太太　他不会来——我知道他不会来的。

（卡罗琳夫人上。她焦急地向四围张望。杰拉德上。）

卡罗琳夫人　亚布罗先生，请问你看见约翰爵士在阳台上什么地方吗?

杰 拉 德　没看见,卡罗琳夫人,他不在阳台上。

卡罗琳夫人　这就怪了。现在是他应该休息的时候。

（卡罗琳夫人下。）

杰 拉 德　亲爱的妈妈,我怕让你等久了。我忘记了一切。今夜我这么高兴,妈妈,我从来没有这么高兴过。

亚布罗太太　想到要离开了。

杰 拉 德　不要这样说,妈妈。当然,离开你我很难过。为什么呢? 你是世界上最好的母亲嘛。不过,到底是伊琳沃勋爵说得对:不能在洛克莱这种小地方过一辈子呀。你可以不在乎,但是我有我的打算。我不能就这样过下去。我要干一番事业。我要干出一点名堂来,使你为我感到骄傲。而伊琳沃勋爵可以帮助我。他可以为我尽力。

亚布罗太太　杰拉德,不要和伊琳沃勋爵一道走。我求你不要走,杰拉德,我求你了。

杰 拉 德　妈妈,你的变化多么大呀! 你似乎片

93

刻也没有记住你的心愿。一个半小时以前，在会客厅里，你一切都同意了；现在却翻过脸来反对，设法强迫我放弃我一生中一个大好机会。的确，一个大好机会。难道你不知道像伊琳沃勋爵这样的人并不是每天都可以碰到的。妈妈，你碰得到吗？真是奇怪，等我有了这么一个千年难逢的机会，唯一阻碍我前进的，居然是我自己的妈妈。此外，你知道，妈妈，我爱上了赫斯特·沃斯莱小姐，谁能帮我这个大忙呢？我爱她远远超过了我对你说过的话。如果我有地位，如果我有前途，我就可以——可以向她求——。你现在明白了做伊琳沃勋爵秘书对我的重要性吧？这样开始就是时机已到——就在眼前——等我动手。如果我是伊琳沃勋爵的秘书，我就可以向沃斯莱小姐求婚。如果我只是一年赚一百镑的银行小职员，那就只是痴心妄想了。

亚布罗太太　我怕你要得到沃斯莱小姐只是一片痴心妄想。我知道她对人生的看法。她刚刚对我讲了。

杰　拉　德　那么，我就只好抛弃我的幻想了。这只是一片痴心——有这片痴心也不错！你经常要打破我的美梦，妈妈——是不是？你告诉我这世界是一个坏地方，功成名就并不值得争取，这个社会非常肤浅。如此等等——那好，但是我不相信，妈妈，我想世界应该是个快活的地方，我想社会应该非常微妙，我想成功是值得争取的。你告诉我的一切都是错误的，妈妈，错得厉害。伊琳沃勋爵是个成功的人物。他是个生活在世界上、为世界而生活的人。所以，只要能成为伊琳沃勋爵这样的人，我什么都愿意做。

亚布罗太太　那我宁愿看你死掉。

杰　拉　德　你为什么要反对伊琳沃勋爵呢？告诉我吧，现在就说。好不好？

亚布罗太太 他是一个坏人。

杰 拉 德 坏在什么地方？我不明白你的意思。

亚布罗太太 我来告诉你吧。

杰 拉 德 我以为你觉得他坏，因为他相信的东西和你相信的不同。那好，男人和女人不同，母亲。他们的看法不同，那是理所当然的。

亚布罗太太 并不是因为伊琳沃勋爵相信什么又不相信什么使他成了一个坏人，而是他的所作所为使他成了坏人。

杰 拉 德 妈妈，是你知道他做的事情？是你的确知道是他做的事情？

亚布罗太太 是我知道的事情。

杰 拉 德 你能肯定那是他做的吗？

亚布罗太太 我能肯定。

杰 拉 德 那事你知道多久了？

亚布罗太太 知道二十年了。

杰 拉 德 如果要回过头去追查过去二十年的事情，那公平吗？无论是你或我，和伊琳沃勋爵早年的生活有什么关系？和我们的生活又有什么关系呢?

亚布罗太太　这个人的过去和现在都一样,他的未来也和他现在一样。

杰 拉 德　妈妈,告诉我伊琳沃勋爵过去做了什么事。如果他做了什么可耻的事,我就不和他同走了。肯定你知道。那我是不会跟他走的。

亚布罗太太　杰拉德,过来。再过来一点,就像你小时候那样,就像你是妈妈唯一的孩子那样。

(杰拉德坐在母亲身边。她用手指伸进他的头发,抚摸他的双手。)

杰拉德,从前有一个少女,她很年轻,那时刚刚过十八岁。乔治·哈福德——这是伊琳沃勋爵那时的名字——乔治·哈福德遇见了她。她对生活没有什么经验,他——他却什么都知道。他使这个少女爱上了他,他使她这样爱他,结果她在一天早上离开了她父亲的家。她是这样爱他,她答应和他结婚了！他庄严地答应和她结婚，她也就信任他了。她很年轻——对实际生活非常无知。而他却把婚期拖延下去，一个星期拖到下一个星期，一个月拖到下一个月。她一直信任他。她爱他。在她生孩子之前——因为她有孩子了——她求他为了孩子的缘故和她结婚，那孩子就可以有个姓了，她的罪过就可以不留在孩子身上，孩子是清白的。但是他拒绝了。孩子生下来之后，她就离开了他，并且把孩子带走，这却毁了她的生活，也毁了她的灵魂。而她心目中一切甜蜜的、善良的、纯洁的东西都随着毁掉了。她忍受可怕的痛苦——现在还在受苦。她会永远受苦的。对她而言，已经没有了欢乐，没有了心平气和，没有了弥补的办法，她是一个拖着锁链的女人，仿佛犯了什么罪似的。她像一个戴了假面具的女人，仿佛得了麻风病似的。烈火不能使她纯洁，水也不能浇灭她的痛苦。没有什么能治好她的心病!没有什么止痛药能使她安眠!没有鸦片能使她忘记过去!她已经失去了灵魂!她是个失落的灵魂!——这就是我为什么说伊琳沃勋爵是个坏人的缘故。这就是我不要我的孩子跟他在一起的原因。

杰 拉 德　我亲爱的妈妈,这听起来当然很像一个悲剧。但是我敢说这个少女和伊琳沃勋爵一样应该受到谴责。说到底,一个真正的好姑娘、一个有纯洁感情的少女,会不会和一个没有和她结婚的男人离开自己的家庭去过妻子的生活呢?没有一个纯洁的少女会这样做的。

亚布罗太太　(一时哑口无言。)杰拉德,我收回我的反对理由。你可以同伊琳沃勋爵自由行动,你愿意什么时间到什么地方去都行。

杰 拉 德　亲爱的妈妈,我知道你不会阻挡我的道路。你是上帝制造的最好的女人。只有伊琳沃勋爵,我相信他不会做任何卑

|||鄙、名誉不好的事。我不相信他会。我不相信。

沃斯莱小姐　（在外。）放开我！放开我！

（沃斯莱小姐惊慌失措上，冲向杰拉德，投入他的怀抱。）

沃斯莱小姐　啊！救救我——不要让他碰我！

杰　拉　德　你怕什么人？

（伊琳沃勋爵从舞台后部上。沃斯莱小姐离开杰拉德的怀抱，指着伊琳沃勋爵。）

杰　拉　德　（愤怒使他忘乎所以。）伊琳沃勋爵，你侮辱了上帝在世上创造的最纯洁的人物，和我母亲一样纯洁的人。你侮辱了我在世界上最爱的女人，也侮辱了我的母亲。只要上帝还在天上，我就要杀了你。

亚布罗太太　（冲上前去站在他们之间，抓住他的手。）不，不！

杰　拉　德　（把她推开。）不要抓住我，妈妈。不要抓住我，我要杀了他！

亚布罗太太　杰拉德！

杰 拉 德　让我干掉他，我说。

亚布罗太太　住手，杰拉德，住手！他是你的父亲！

（杰拉德抓住他母亲的手，瞧着她的脸。她羞得满脸通红，慢慢地倒在地上。沃斯莱小姐溜到门口。伊琳沃勋爵皱皱眉头，咬咬嘴唇，过了一阵，杰拉德扶起他的母亲，抱着她离开了房间。）

（第三幕完）

第四幕

亚布罗太太家的起居室。后方是开向花园的法国式大窗户。左右有门。杰拉德·亚布罗坐在写字台前。雅丽丝上。汉斯登夫人和亚龙比太太随后上。

雅 丽 丝　　　汉斯登夫人同亚龙比太太到。

汉斯登夫人　　你早,杰拉德。

杰 拉 德　　（起立。）你早,汉斯登夫人。你早,亚龙比太太。

汉斯登夫人　　（坐下。）我们是来看你母亲的,杰拉德。我希望她好一些了吧?

杰 拉 德　　我母亲还没有下楼呢,汉斯登夫人。

汉斯登夫人　　啊,昨天天气太热了,我怕她受不了。我想空气中恐怕有雷电。说不定也许是音乐。音乐使人感到如此浪漫——至少会使人紧张。

亚龙比太太　　今天看来,这都是一回事了。

汉斯登夫人　　我很高兴,我并不知道你是什么意思,亲爱的。我怕你理解错了。啊,我看你在观察亚布罗太太漂亮的房间。它不是很好看的老式房子吗?

亚龙比太太　　（用长柄望远镜检查房间。）看起来很像快活的英国家庭。

汉斯登夫人　　你用字用得对极了,亲爱的,这简直形容得到了家。我们到处都感觉得到你母亲的影响，杰拉德。

亚龙比太太　伊琳沃勋爵说所有的影响都是不好的，那好影响就是世界上最坏的了。

汉斯登夫人　等到伊琳沃勋爵更了解亚布罗太太之后，他会改变看法的。我一定要带他到这里来。

亚龙比太太　我单想看看伊琳沃勋爵到了一个快活的英国家庭中会是怎么样的。

汉斯登夫人　那会给他带来很大的好处，亲爱的。今天多数伦敦女人用来装饰房间的似乎都是园艺、外国客人，还有法国小说。但在这里我们看到的却是一个温和使者的房间。只有自然的新鲜花朵，叫人读了不会大吃一惊的书籍，看了不会羞得满脸通红的图画。

亚龙比太太　我喜欢羞得满脸通红。

汉斯登夫人　那好，关于脸红的事可以说的真有一大堆呢，不过要在适当的时候才能说。可怜亲爱的汉斯登来时对我说：我经常脸红得不够。那时他却特别关心。他不愿意让我知道他的任何一个男朋友，除了那些七十岁以上的老头子，像亚西顿勋爵那样的，说来也怪，他后来却被带上了离婚法庭。真是一场倒霉的官司。

亚龙比太太　我喜欢七十岁以上的男人。他们会忠实一辈子。我看七十是男人理想的年龄。

汉斯登夫人　她简直是不可救药了，杰拉德，你看是不是？顺便说一句，杰拉德，我希望你亲爱的母亲现在会多花点时间来看我。你和伊琳沃勋爵很快就要开始合作了，是不是？

杰　拉　德　我已经放弃做伊琳沃勋爵秘书的打算了。

汉斯登夫人　肯定不会吧，杰拉德！那你是太糊涂了。你有什么理由呢？

杰　拉　德　我认为我不适合这个职位。

亚龙比太太　我倒希望伊琳沃勋爵会要我做他的秘书。不过，他以为我不是当真的。

汉斯登夫人　我亲爱的，你的确不应该在这里谈这样的问题。亚布罗太太对我们生活的这个罪恶社会，几乎是毫无所知的。她甚至

	不想进入这个社会,她实在是太好了。我认为她昨夜到我家来,使我感到非常荣幸。她给我们的晚会带来了可敬的气氛。
亚龙比太太	啊,你的想法对我而言简直是天空中的雷声了。
汉斯登夫人	我亲爱的,你怎么能这样说?这两件事之间几乎没有什么相似的地方呀。不过,说老实话,杰拉德,你说不适合,到底是什么意思?
杰 拉 德	伊琳沃勋爵和我对于生活的看法实在相差太远了。
汉斯登夫人	不过,我亲爱的杰拉德,在你这个年纪,对生活不应该有什么看法呀。时间和空间都不对头。一定是别人把你带上邪路了。伊琳沃勋爵给你提供了最难得的机会,陪着他到处走走,可以看看世界——至少可以随心所欲,尽量多看——在最好的条件下,和最合适的人在一起,这在你事业的关键时刻是多么

重要啊。

杰 拉 德　我不想看世界，我已经看够了。

亚龙比太太　我希望你不是以为自己已经看透了生活吧，亚布罗先生。一个人这样说，那是他知道生活已经压得他一无所有了。

杰 拉 德　我不愿意离开我的母亲。

汉斯登夫人　那么，杰拉德，那纯粹是你的惰性太重了。舍不得离开母亲？假如我是你的母亲，我却坚持要你走的。

（雅丽丝上。）

雅 丽 丝　亚布罗太太向诸位问好，太太今天早上头痛得厉害，不能会客，对不起了。谢谢诸位。（下。）

汉斯登夫人　（起立。）头痛得厉害！真对不起！杰拉德，要是她今天下午好一点，你可以带她去见汉斯登。

杰 拉 德　我怕今天下午不行，汉斯登夫人。

汉斯登夫人　那就明天见吧。啊，如果你有一个父亲，杰拉德，他就不会让你在这里浪费生命了。他会要你立刻跟伊琳沃勋爵走。不

107

过，母亲总是软弱的，一切都顺着儿子。我们只有一颗心，只重感情，只重感情。走吧，亲爱的，我要去拜访副主教，问候多贝尼太太了，我怕她身体很不好呢。副主教怎么受得了？真是奇怪。他是一个同情心最重的丈夫了。真是一个理想的丈夫。再见了，杰拉德，替我用深厚的感情问候你的母亲。

亚龙比太太　再见，亚布罗先生。

杰　拉　德　再见。

（汉斯登夫人同亚龙比太太下。杰拉德坐下读信。）

杰　拉　德　我签名用什么姓呢，我姓什么都有问题呀。（签名。把信放入信封，写上地址，正要用印，门打开了，亚布罗太太走了进来，杰拉德放下蜡印盒，母子相对无言。）

汉斯登夫人　（从后台法国大窗户口）再一次说再见了，杰拉德。我们抄近路走你家美丽的小花园了。记住我的话——立刻同伊琳沃勋爵走。

亚龙比太太　再见了,亚布罗先生。记住旅游归来要给我带上点好东西——不要印度围巾——随便什么都行——只不要印度围巾。(同下。)

杰 拉 德　妈妈,我给他写信了。

亚布罗太太　给谁?

杰 拉 德　给我父亲。我要他今天下午四点钟到这里来。

亚布罗太太　他不能到这里来。他不能跨过我家的门槛。

杰 拉 德　他一定得来。

亚布罗太太　杰拉德,如果你要同伊琳沃勋爵一起走,你就立刻走吧。不要等我死了再走,也不要我和他见面。

杰 拉 德　妈妈,你不明白。世界上没有什么事会使我跟伊琳沃勋爵走,也不会使我离开你,这你当然知道得很清楚。不,我已经写信告诉他——

亚布罗太太　你对他有什么好说的?

杰 拉 德　妈妈，你想不到我在信里写了什么吗？

亚布罗太太　想不到。

杰 拉 德　妈妈，你一定能想到。想想看，现在，立刻，在最近几天内，一定要做什么事。

亚布罗太太　没有什么要做的事。

杰 拉 德　我写信告诉伊琳沃勋爵一定要和你结婚。

亚布罗太太　和我结婚？

杰 拉 德　妈妈，我要逼他结婚，他对你犯下的错误必须挽救，公平可以迟到，妈妈，但是最后总要来到。再过几天，你就会是伊琳沃勋爵的合法夫人了。

亚布罗太太　不过，杰拉德——

杰 拉 德　我会坚决要他做到。我会逼迫他做，使他不敢拒绝。

亚布罗太太　不过，杰拉德，拒绝的人是我呀。我不愿和伊琳沃勋爵结婚。

杰 拉 德　你不和他结婚？妈妈？

亚布罗太太　我不和他结婚。

杰 拉 德　但是你不明白：我是为了你，不是为了我，才这样说的。这次结婚，这次必须

|||举行的婚礼，为了明显的理由不得不举行，但并不会对我有所帮助，不会给我一个合理合法的名义。而对你显然是有好处的，妈妈，虽然时间晚了不少，但总会使你成为我父亲的妻子。难道这不算一回事吗？

亚布罗太太　我不要和他结婚。

杰　拉　德　妈妈，你一定得结婚。

亚布罗太太　我不结婚。你谈到要弥补一个错误，这能对我有什么弥补作用呢？不可能有什么弥补。我已经受到污辱了，而他没有。就是如此。这是男女之间经常发生的事，总是发生这种事情。结果也是通常的结果。受苦的是女方，男方总是自由的。

杰　拉　德　我不知道这是不是通常的结果，妈妈；我希望这不是。但是，你的生活无论如何不能就这样算了。男方应该尽可能做出弥补。这还不够。并不能抹杀过去。这我知道。但至少可以使将来过得好一些，妈妈，至少对你好一些。

亚布罗太太　我不愿和伊琳沃勋爵结婚。

杰 拉 德　如果他亲自来向你求婚，要你作为他的夫人，那你应该给他一个不同的回答。记住，妈妈，他是我的父亲。

亚布罗太太　如果他亲自来，我看他不会来的，我的回答还是不变。记住，我是你的母亲。

杰 拉 德　你这样说，使我谈话非常困难；我不明白你为什么看问题不从正确的观点，不从唯一合适的观点来看。那就是消除你生活中的苦难，使遮蔽你姓名的暗影消失，所以婚礼一定要举行。没有其他选择的余地，结婚之后，你和我就可以一同离开。但是婚礼必须在前举行。这是你应尽的责任，不只是为你一个人，而是为了全体女人——对，为了全世界的其他女人，以免他欺骗更多的女人。

亚布罗太太　我对其他女人，并不欠她们的感情债。她们没有一个人帮助过我。全世界没有一个女人向我施舍过怜悯之情，如果我能接受怜悯的话；也没有一个女人给我同情，即使我应该赢得同情。女人彼此之间是很难有感情的。那个少女，昨夜虽然看起来很好，但是她离开房间的时候，却把我当作一个污染了的脏东西，不过，我的错误是我自己一个人的，我会单独承担。我不得不一个人承担。没有犯过错误的女人和我有什么关系？我和她们又有什么关系？我们彼此之间并不互相了解。

（沃斯莱小姐上到舞台后方。）

杰　拉　德　我求你照我的请求去做，好不好？

亚布罗太太　哪有一个儿子要求母亲做出这样讨厌的牺牲的？没有。

杰　拉　德　哪有一个母亲拒绝和自己儿子的父亲结婚的？没有。

亚布罗太太　那我就来做第一个吧。我就不和自己儿子的父亲结婚。

杰　拉　德　妈妈，你相信宗教，你把我带大了也相信宗教。那好，肯定你的宗教，当我还是一个孩子的时候,你就教我相信宗教,妈妈,这个宗教一定会告诉你我是对的。你也知道,你也感觉得到。

亚布罗太太　我不知道。我也感觉不到。我更永远不会站在上帝的圣坛前请求上帝祝福这个讨厌的玩笑,要我和乔治·哈福德结婚。我不会说教堂要我说的那些话。我不会说,我也不敢说。我怎能发誓去爱一个我讨厌的人,去尊重一个使我变得不被别人尊重的人,去服从一个要我犯罪的人呢?不,婚姻是相爱的人神圣不可侵犯的仪式。不适合他这种人,也不适合我这种人。杰拉德,为了避免你受世人耻笑,我已经对世界撒下了谎言,二十年来,我一直对世界说谎。我不能把真实情况告诉世界。谁又能够?能为了我自己的缘故向上帝说谎,而且是当着上帝的面说谎吗?不行,杰拉德。不行。不能举行仪式。教堂也罢,国家也罢,都不能使我和乔治·哈福德结合在一起。也许我和他的关系太紧密了，他掠夺了我的财富，我却变得更加富有，结果在我生活的泥坑中，我却发现了无价之宝，或者是我认为的无价之宝。

杰 拉 德　我现在听不懂了。

亚布罗太太　男人不懂得母亲是什么人。我和别的女人并没有什么不同，除了她们对我犯下的错误，还有我自己的错误、我受到的沉重处罚和严重侮辱。要忍受这些，我必须面对死亡。为了培养你，我必须和死亡斗争，死亡和我争夺你。女人必须为了孩子和死亡做斗争。死亡没有子女，所以要抢夺我们的子女。杰拉德，在你赤身露体的时候，我给你穿衣服；在你饥饿的时候，我给你食物。在漫长的冬天，我日夜照顾你。没有什么工作是低级的，没有什么照顾是卑贱的，只要我们能照顾我们爱护的孩子——啊，我们是多么爱孩子。而你也正要我们的爱护，因为你们弱小，需要我们爱护才能活下去。只有爱能使任何人活下去。而孩子们往往并不在乎,而且没有想到就给我们痛苦了。我们往往痴心妄想他们长大成人之后,会更理解我们,报答我们,但是事情并不是这样。世界把他们夺走,他们和谁在一起更快活,就跟谁在一起,他们喜欢我们不能参加的娱乐,他们的兴趣和我们不同;他们对我们往往并不公平,他们发现生活艰苦就怪我们,而等到他们发现了生活的甜头,却又往往忘记了我们。——你交了许多朋友,到他们家里去,和他们在一起快快活活,而我知道我的秘密,不敢和你同去,只好待在家里,关起门来,把太阳关在门外,自己却坐在黑暗中。我在一个老老实实的家里能做什么事呢?我的过去永远不会离开我。——而你却以为我不在乎生活的乐趣。我告诉你我渴望得到乐趣,但是不敢寻欢作乐,因为我觉得我没有寻乐的权利。你以为我和穷苦的人在一起更快活,你以为那是我的任务,其实不是。你能叫我到什么地方去呢?病人不会问摆好枕头的手是不是纯洁的手,快死的人也不会问吻他们额头的嘴唇是否犯过亲吻的罪。我时时刻刻想到的只是你;我把你不需要的爱情给了他们,我在他们身上浪费了并不是他们应得的感情。——你以为我浪费了我的时间到教堂去履行我的职责,但是我还能到别的什么地方去呢?上帝的教堂是唯一欢迎罪人去的地方,而你永远在我心中,杰拉德,你占据我心中的地位太多了。因为,虽然一天又一天,不管白天还是黑夜,我都跪在上帝的教堂里,我却从来没有对我犯下的罪过进行反省。我怎能对我的罪过进行反省?我爱情的果实就是你啊。即使现在你使我受苦,我也不能后悔,其实我也并不后悔。对我而言,你比洁身自好重要得多啊。我宁愿多次做你的母

|||亲——而不愿做一个洁身自好的处女啊。——啊,难道你看不出,难道你不了解?正是因为我不顾名声清白,才使你对我如此宝贵。正是因为我不顾羞耻,才使你对我如此宝贵啊。这就是我为你付出的代价——我付出了灵魂和肉体的代价——所以我才像现在这样爱你啊。啊,不能要求我再做一次这种可怕的事情了。我的耻辱生出来的孩子永远是我耻辱的孩子。

杰 拉 德　妈妈,我没有想到你是这样爱我。那我一定要做一个比现在好得多的儿子。而你和我一定永远不能分离。——不过,妈妈——我也没有办法——你一定要做我父亲的妻子。你一定要和他结婚。这是你的责任。

沃斯莱小姐　(跑上前来拥抱亚布罗太太。)不,不,你不应该和他结婚!结婚才是真正的耻辱,才是你所知道的第一个耻辱。这才是真正的丢人,第一个接触到你的耻

|||辱。离开他和我一起走吧。除了英国之外,还有别的国家呢——啊,海外还有别的国家,更好的、更聪明的、不那么不公平的国家。世界是多么广阔无边啊。
亚布罗太太|不,那可不是我的国家。对我而言,这个世界缩小得只有巴掌那么大,而且走到哪里都是荆棘遍地。
沃斯莱小姐|不应该是这样。我们应该在什么地方找到青草绿荫、清水甘泉,如果我们要哭,我们也该在一起哭。难道我们不是都爱他吗?
杰拉德|赫斯特!
沃斯莱小姐|(向他摇手作答。)不是,不是!你不可能爱我,除非你也一样爱她。你不可能尊重我,除非她对你也是一样神圣的。她是女人中的殉道者。不只是她一个,我们所有的女人都像她一样受到打击。
杰拉德|赫斯特,赫斯特,你叫我怎么办?
沃斯莱小姐|你尊重那个是你父亲的人吗?

杰　拉　德　尊重他吗？我瞧他不起！他是名誉扫地了。

沃斯莱小姐　我谢谢你昨夜把我从他手中救了出来。

杰　拉　德　啊，这不算什么。我是宁死也要救你的。不过，你没有告诉我现在应该做什么！

沃斯莱小姐　我不是谢谢你救了我吗？

杰　拉　德　那我应该怎么办呢？

沃斯莱小姐　你应该问你自己的心，不是问我。我并不需要救一个母亲，也没有一个母亲是可耻的。

亚布罗太太　他很为难——他很为难。让我走吧。

杰　拉　德　（冲上前去，跪在母亲脚前。）妈妈，原谅我吧；我真该挨一顿骂。

亚布罗太太　不要吻我的手，我的手冷。我的心也冷，心已经碎了。

沃斯莱小姐　啊，不要那样说。心受了伤还是活着的，快乐会使心变成石头，富贵会使心变硬，而痛苦呢——痛苦却不能使人心碎。再说，你现在有什么痛苦呢？怎么，此刻对他而言，你是比什么时候都更可贵的了。过去你虽然可贵，但是，啊，过去你已经一直可贵，啊，那就可贵到底吧。

杰拉德　你是我的母亲和父亲合二为一了。我用不着别的亲人。我这是对你说的，对你一个人说的。啊，说点什么吧，妈妈。我是不是得到了一个爱情却又失去了一个？不要对我这样说。啊，妈妈，你真狠心。（站起身来，又倒在沙发上哭泣。）

亚布罗太太　（对沃斯莱小姐）他真得到了新的爱情？

沃斯莱小姐　你知道我是一直爱他的。

亚布罗太太　但是我们很穷。

沃斯莱小姐　有人爱你，你还会穷吗？不会。我恨财富，财富成了负担。让他和我分担这个重负吧。

亚布罗太太　但我们是给人瞧不起的。我们属于等外人物。杰拉德没有名位。父母的罪过转移到了子女身上。这是上天的规律。

沃斯莱小姐　这说错了。上天的规律只有爱。

亚布罗太太　（站起拉住赫斯特的手，慢慢走近埋头倒在沙发上的杰拉德，摸摸他的头，他

|||抬起头来。）杰拉德，我不能给你一个父亲，但能给你一个妻子。
杰 拉 德|||妈妈，我不配有她这么一个妻子，也不配有你这样一个母亲。
亚布罗太太|||先说她吧，你是配得上她的。等你离开之后，杰拉德……等你……和她离开之后——啊，有时也会想到我吧。不要把我忘了。在你祈祷的时候，也为我祈祷吧。我们应该在快活的时候祈祷，那你就会快活的，杰拉德。
杰 拉 德|||妈妈，你不会想要离开我们吧？
亚布罗太太|||我怕我会给你们带来羞耻！
杰 拉 德|||妈妈！
亚布罗太太|||总会有一点的；要是你让我老是接近你的话。
沃斯莱小姐|||（对亚布罗太太）同我们到花园里去吧。
亚布罗太太|||我等一等再去，等一等再去。
|||（沃斯莱小姐同杰拉德下。亚布罗太太走到门口。瞧着壁炉架上的镜子。雅丽丝上。）

雅丽丝　　　有一位先生要见夫人。

亚布罗太太　就说我不在家。让我看看名片。（取出托盘中的名片。）告诉他我不见客。

　　　　　　（伊琳沃勋爵上。亚布罗太太在镜子里看见了他，吃了一惊，但是没有转过头来。雅丽丝下。）

　　　　　　你今天还有什么话要对我说，乔治·哈福德？你没有什么可说的了。你还是走吧。

伊琳沃勋爵　关于你和我之间的事，现在杰拉德什么都知道了，所以我们必须做出安排，好对我们三个人都说得过去。我敢向你做出保证：他会发现我是一个最可爱、最慷慨的父亲。

亚布罗太太　我的儿子随时可能进来。我昨天夜里帮你过了一关。今天恐怕不能再帮你的忙了。我的儿子觉得你给我带来了可怕的耻辱，非常可怕的耻辱。我请你快走吧。

伊琳沃勋爵　（坐下。）昨夜真是不巧。那个愚蠢的清

	教徒少女只是因为我要吻她，就和我闹了起来。亲吻对她有什么不好呢？
亚布罗太太	（转过头去。）一个吻可能会毁了一个人的一生，乔治·哈福德。这点我知道。这点我知道得太清楚了。
伊琳沃勋爵	我们现在不讨论这个问题。今天重要的问题和昨天一样，还是我们儿子的问题。我非常喜欢他，你也知道，看来似乎对你非常奇怪，我非常非常喜欢他昨天晚上的所作所为。他为了那个谨小慎微的姑娘居然出人意外地迅速拿起了棍子。这正是我希望我喜欢的儿子应该做出的表现。只有一点，我的儿子永远不应该站在清教徒一边，而这永远是个错误。现在，我的建议是——
亚布罗太太	伊琳沃勋爵，我对你的任何建议都不会感兴趣。
伊琳沃勋爵	根据我们可笑的英国法律，我不可能承认杰拉德是我的儿子。但是我能把我的产业移交给他。伊琳沃就可以是遗产，

当然，那是一个讨厌的地方。但是他可以得到雅士白，那里可要好看得多，他还可以得到哈波罗，那里有英格兰北部最好的射击场，是圣詹姆斯广场的一部分。一个世界上的上等人还能得到更好的房子么？

亚布罗太太　不能更好了，我敢肯定。

伊琳沃勋爵　至于头衔，在民主流行的日子里，贵族头衔的确是讨厌的东西。作为乔治·哈福德，我要什么都可以随心所欲。现在，我所有的却是别人想要的东西，可并不是我喜欢的。好，这就是我提出的理由。

亚布罗太太　我说过了我对你这套不感兴趣，请你走吧。

伊琳沃勋爵　这个孩子一年之内六个月归你，六个月归我。这是完全公平合理的，不是吗？你喜欢要多少津贴，就要多少，你喜欢住什么地方，就住什么地方，至于你的过去，除了我和杰拉德，没有人会知道

|||多少。当然，还有那个清教徒，那个穿白纱衣的清教徒。不过她不算数，因为她不能讲清楚为什么她反对别人吻她，她能够吗？那所有的女人都会说她是个傻瓜，而所有的男人却会说她讨厌。那你用不着担心杰拉德会不做我的继承人。我用不着告诉你，我一点也没有结婚的念头。

亚布罗太太　你来得太晚了。我的儿子用不着你。你是个没人需要的人。

伊琳沃勋爵　你这是什么意思？

亚布罗太太　杰拉德的事业并不需要你。他根本用不着你。

伊琳沃勋爵　我不懂你的意思。

亚布罗太太　瞧瞧花园。（伊琳沃勋爵起身走向窗户。）你最好不要让他们看见你；你会让他们不愉快的。（伊琳沃勋爵向外一看，吃了一惊。）她爱上他了。他们互相爱恋。那我们就可以安全地离开你了。让我们走吧。

伊琳沃勋爵　到哪里去？

亚布罗太太　我们不告诉你，如果你找到了我们，我们也不会认识你。你似乎觉得意外了。你怎么能受到欢迎呢？少女的嘴唇你想要污染，青年的生命你加上了耻辱，而母亲的名声主要受到了你的破坏。你要我们男女老幼如何对你？

伊琳沃勋爵　你怎么越来越狠了？

亚布罗太太　我过去一度太软弱。现在很好，我改变了。

伊琳沃勋爵　过去我太年轻。我们男人对生活的了解总是太早了一点。

亚布罗太太　我们女人对生活的了解却又太晚了一点。这就是男人和女人的不同吧。(相对无言。)

伊琳沃勋爵　我要我的儿子。我的钱财现在对他没有用了。我对他也许没有什么用，但是我需要我的儿子。让我们在一起吧。如果你愿意的话，你是可以做到的。

(看见桌上的信。)

亚布罗太太　在我儿子的生活中没有你的地位，他与

	你完全没有关系。
伊琳沃勋爵	那他为什么写信给我？
亚布罗太太	你说什么？
伊琳沃勋爵	这是给谁的信？（拿起信来。）
亚布罗太太	这——不是给你的。把信给我。
伊琳沃勋爵	这是给我的信。
亚布罗太太	你不可以拆开。我不许你拆信。
伊琳沃勋爵	这是杰拉德的手迹。
亚布罗太太	这封信是不准备寄出去的。这是他今天早上还没有看见我的时候写的。他现在就后悔了，后悔得非常厉害。所以你不能够拆信。把信给我。
伊琳沃勋爵	这是给我的信。（拆开信来，坐下慢慢地读。亚布罗太太一直注视着他。）你读过这封信了，我猜想。
亚布罗太太	没有。
伊琳沃勋爵	你知道信里写了什么？
亚布罗太太	是的！
伊琳沃勋爵	我一点也不认为孩子有权这样说。我不承认我有义务和你结婚。我一点也不

承认。但是为了要回我的儿子，我却准备——对，我却准备和你结婚了。——并且当作名正言顺的妻子对待你，尊敬你。我愿意随你选择什么时间结婚。我说了这话是算数的。

亚布罗太太　你说过同样的话，但是并不算数。

伊琳沃勋爵　可是现在一定算数。这会向你表明我是爱儿子的，至少和你一样爱他。因为等我和你结婚的时候，我的雄心壮志就得有所改变。我说雄心壮志，并没有言过其实。

亚布罗太太　我不和你结婚，伊琳沃勋爵。

伊琳沃勋爵　你是认真说的？

亚布罗太太　当然认真。

伊琳沃勋爵　请你说说理由，那会使我很感兴趣的。

亚布罗太太　我已经对儿子说过了。

伊琳沃勋爵　那是感情冲动的话吧，是不是？你们女人是靠感情生活，并且为感情而生活的。你们没有生活的哲学。

亚布罗太太　你说得对。我们女人是靠感情生活，并且为了感情而活着的。或者不如说，我们是靠热情生活，并且为热情而生活的。我有双重热情：对儿子的爱和对你的恨。你不能使两者同时消失，因为它们是互相依存的。

伊琳沃勋爵　什么爱和恨才能情同兄弟？

亚布罗太太　只有我对杰拉德的爱是爱和恨并存的。你觉得这很可怕吗？对，这很可怕。爱情都是可怕的。所有的爱情都是悲剧。我一度爱过你，伊琳沃勋爵。啊，一个女人居然爱过你，这是多么大的悲剧！

伊琳沃勋爵　所以你的确拒绝和我结婚。

亚布罗太太　是的。

伊琳沃勋爵　因为你恨我？

亚布罗太太　是的。

伊琳沃勋爵　我的儿子也和你一样恨我吗？

亚布罗太太　不。

伊琳沃勋爵　那我很高兴。

亚布罗太太　他只是瞧不起你。

伊琳沃勋爵　那太可惜了。我的意思是说：那对他太可惜了。

亚布罗太太　　不要搞错了,乔治。孩子开始是爱父母的,后来就批评他们了。他们很少会原谅父母的。

伊琳沃勋爵　　(再慢慢地把信又读一遍。)我可以不可以问一遍:你有什么理由要这个写信的孩子,写这样热情洋溢的信,却相信你不应该和他的父亲结婚,不应该和你孩子的父亲结婚?

亚布罗太太　　不是我,而是别人让他相信的。

伊琳沃勋爵　　哪一个相信世界末日的人?

亚布罗太太　　是那个清教徒,伊琳沃勋爵。(两人无言。)

伊琳沃勋爵　　(眨眨眼睛,然后慢慢站起,走到他放帽子和手套的桌子旁边。亚布罗太太站得紧靠桌子,他戴上一只手套。)这里没有什么要我做的事了?

亚布罗太太　　没有。

伊琳沃勋爵　　那就再见了,是不是?

亚布罗太太　　这一次我希望是永别。

伊琳沃勋爵　　这是多么奇怪!这一片刻,你看起来简直和你二十年前离开我的时候一模一样。你的嘴唇完全是同样的表情。说老实话，没有一个女人像你这样爱过我。怎么，你把你鲜花般的身子献给了我，让我为所欲为。你是最可爱的小玩物，最让人流连忘返的小玩意。……（露出手表。）现在是两点差一刻！我要走回汉斯登去了。不要以为我会再在那里见到你。对不起，我真的是对不起。真是有趣的体验，在和自己同等的人中遇见并且认真对待自己的情人，自己的——

（亚布罗太太拿起桌上的手套，打伊琳沃勋爵的脸。伊琳沃勋爵吃了一惊。他对这种侮辱性的打击目瞪口呆，然而他控制自己，走向窗户向外一看，看见他的儿子，叹了一口气就离开了房间。）

亚布罗太太　（倒在沙发上哭泣。）他本来就要说出来了，本来就要说出来了。

（杰拉德和沃斯莱小姐从花园进来。）

杰 拉 德　好，亲爱的妈妈。你怎么还不出来呀？

|||我们又进来找你了。妈妈,你不是哭了吧?（跪在她身边。）
亚布罗太太|我的孩子!我的孩子!我的孩子!（把手指伸进他的头发。）
沃斯莱小姐|（走过来。）现在,你有两个孩子了。我不是你的女儿吗?
亚布罗太太|（抬起头来。）你会要我这个母亲吗?
沃斯莱小姐|在所有的女人当中,我从没有见过你这样的。

（她们互相搂着腰,走向花园门口。杰拉德走到桌子旁边来拿帽子,转过头来,看见地板上伊琳沃勋爵的手套,就捡了起来。）

杰拉德　嘿,妈妈,这是谁的手套?有人来看过你了。那是谁呀?

亚布罗太太　（转过头来。）啊!没有什么人。没有什么值得一提的。只是一个无足轻重的人。

（闭幕）